入境 / 2017年 / 190 cm × 120 cm

童眸

精典名家小说文库　谢有顺　主编

张炜

著

作家出版社

图书在版编目（CIP）数据

童眸 / 张炜著 . -- 北京：作家出版社，2018.6
（精典名家小说文库）
ISBN 978-7-5212-0086-7

Ⅰ . ①童… Ⅱ . ①张… Ⅲ . ①中篇小说 – 中国 – 当代
Ⅳ . ① I247.5

中国版本图书馆 CIP 数据核字 (2018) 第 124899 号

童眸

作　　者：	张　炜
责任编辑：	丁文梅
装帧设计：	精典博维·肖　杰　马延利
责任印制：	李卫东　李大庆
出版发行：	作家出版社
社　　址：	北京农展馆南里 10 号　　邮　　编：100125
电话传真：	86–10–65930756（出版发行部）
	86–10–65004079（总编室）
	86–10–65015116（邮购部）

E-mail:zuojia@zuojia.net.cn

http://www.haozuojia.com（作家在线）

印　　刷：	三河市兴博印务有限公司
成品尺寸：	125 × 185
字　　数：	77 千字
印　　张：	6.25
版　　次：	2018 年 10 月第 1 版
印　　次：	2018 年 10 月第 1 次印刷
ISBN	978-7-5212-0086-7
定　　价：	39.80 元

目录

童
眸

一

　　天刚刚透明，村子外面十分安静。田野上，那一条条土埂隐约可辨，刚长了几寸高的麦苗好像是黑色的。远处更加朦胧，也更加诱人，那很远很远的地方是什么？……村子慢慢落到身后去了，这才听得清一些奇奇怪怪的声音：小孩儿哭了，老头在咳嗽。狗叫得嗓子尖尖，它大概是盯住了天上的一颗星星吧——它只有把鼻子对准星星的时候才会发出这种声音。

　　细高个子长乐趿拉着一双烂布鞋，不紧不慢地往前走去。他腰上还别了个奇怪的东西。他一走路，脚底的烂鞋子就发出"唰啦唰啦"的声音，身子也随了这声音左右摇晃。有时候他搓一下眼睛，转过头到身后的暗影里寻找着什么。他往后看一眼，也就放心地摇晃着身子往前走去了。

小荒就跟在离他两三米远的地方。他不想走到长乐的跟前去，因为那个细长个子高兴了就伸出手撸一下他的脖儿。那只满是老茧的手，碰到皮肤上简直像锉子一样。

长乐这个人是很让人怕的，对谁都不客气，所以才让他负责看护大海滩。年数多了，村里人跟长乐只叫"看泊的""那个看泊的"……小荒是跟上他去看大海的。

海是什么样子的？很大、很圆吗？有人说海是天上余出的一块，铺展到地上来的。小荒不明白海是什么样子，一个人做了各种想象，急于去证实一下自己的想象力。其实海离他的家不过才五六里路，只是家里人不让他去罢了。有一年夏天，小荒瞅准一个中午就往北方跑去，可刚跑开不远就被家里人追上了。家里人从此对他十分严厉，告诉他，不到了一定年纪是决不能上海去玩的：谁家的孩子淹死了，谁家的孩子在海滩上迷路了……你不怕吗？我不怕。不怕也不准去，反正是不准去了。

总之，小荒的运气很好，他虽然又硬挨了两年多，但还是没有待到规定的年纪。他终于在这个早晨跟上长乐看海去了。长乐被小荒的家里人反复叮嘱过，所以长乐对小荒严厉一些，比如按时撸几下脖子，都是可以谅解的。

天渐渐大亮了。东方红得可爱。

小荒几乎从来没有这么早起来看过天空。他有些新奇地看着天际一丝丝地改变颜色，兴奋得老要呼喊点什么。空气的味道也似乎香甜可口了，他大口地、不住气地喘息着，咂着舌头。他看到长乐也像他一样高兴，竟然哼唱起来。长乐哼唱的是一首奇怪的歌。

那歌子说一群姑娘去大海上挖海扇子，带花纹的海蛤，一个个都怎么怎么俊，怎么怎么俊。她们的运气也好，正遇上大海落潮，就扑通扑通跳进浅海里了。歌子的最后一句是这么唱的："摘下了草帽就把个裤腿挽哪，看看谁是模范……"谁是模范？挖海扇子的人里面还能有模范吗？小荒听了只是笑。

长乐见小荒在笑，更加高兴了。他步子拖得很快，有时还将布鞋甩到三尺多高，再用脚掌接住，而且正赶步子。他回头嚷着："海蚬子，吃过吗？"

"没有……"

"海扇子是好东西——生能吃，熟能吃，盖子一掀，能把你鲜个跟头！"

长乐咂咂嘴又补充一句："像你这么个小孩儿，能鲜个跟头——跟我去翻跟头吧，我用松树毛子燎了你吃，一燎一包油，'吱吱'先吸汤……嘿嘿！海里好吃的东西多了，海滩上好吃的东西多了。你见我上海滩总不带干粮吧？用不着带，遇什么吃什么……"

小荒听到这儿想："遇上个刺猬，让你吃！"正这样想着的时候，长乐就说到刺猬了：

　　"刺猬那东西真多，包上泥团子烧一烧，没比……"

　　小荒觉得前边正有一个无比神秘的世界在等待着他。他真想这样问下去：海还有多远，海是什么样的，海滩老大老大吗？他这样想着，最后只奇怪地问了一句：

　　"海滩上有鬼吗？"

　　长乐停住了步子。他锁着眉头盯住小荒，一动不动。这样看了足有两三分钟，小荒都有些打颤了。小荒觉得长乐的脸一下就绷紧了，黄中透青。他的粗粗的黑眉抖动着，一双眼睛挤成了三角。这双眼睛，眼珠黄黄的，眼白也不白，小荒可算看清了这双眼睛！正在小荒惊讶的时候，突然长乐开口喊了一声：

　　"海滩上有鬼！"

　　小荒往后退开几步，愣愣地看着他。

他咬了咬嘴唇，把手搭在腰间插的那个东西上，向着北方望了望……他又继续往前走去了。可是他再也没有笑一次。

他腰间插的那个东西是一把木铲：很细很长，铲面儿很窄。说它是木铲，还不如说它是一把木剑。它是硬柞木磨成的，刃儿很锐。小荒知道这种木铲是挖山芋时用的，只是不知道长乐为什么带着它看泊！在小荒的眼里，看泊的人一般都带一把镰刀或一截铁棍，来做护身的武器。他带个木铲好做什么呀……

树木开始多起来。阳光被树木遮住，变成一大束一大束的。一群群鸟儿落在树的尖顶，往下看着踏入林间的两个人。脚下的小路被草窠和荆棘缠满了，走路需要特别小心。小荒知道他们已经进入大海滩了！

哦哦，大海滩，神秘的——对一个孩子一直是守口如瓶的大海滩，终于出现在眼前了。你的背后，你的边缘，就该着是大海了。瞧阳光一道一道交织在草地，在树梢，在黄蒙蒙的沙子上。一只鸟儿尖声大叫，嘎嘎地飞到一棵树上，又发出咳嗽似的声音，停留了一小会儿就飞去了。身子四周，到处是古怪的树木和花草，它们都是陌生的，可又都是笑吟吟的。蚂蚱飞起来，落下去；蝈蝈儿藏在绿叶深处欢叫。小荒的头四下转动着，等到定睛去看长乐的时候，长乐已经不见了。他奔跑起来，等他重新见到那个细长身影的时候，才松了一口气。这时他觉得两脚和两手都有些疼，低头一看，原来刚才绊跤子时，手脚被棘窠子划了无数道的口子，鲜红的血正流出来，有的滴到沙土里……

长乐回头瞥了一眼，就慢慢走了过来。他有些生气地对小荒咕哝了一句什么。

"我……我拔下脚上的刺！"小荒蹲在没有棘窠的地方，忍着疼用手去拔扎进皮肉的刺。真疼啊，他咬着牙拔着。

可是长乐不耐烦起来。他蹲在一边，看着，咬着牙齿。突然，他伸手抽出了腰间的木铲，扳过小荒的屁股，"啪啪"地打了两下。长乐打着，骂了几句，骂得十分粗野。

二

沈小荒还记得二十多年前的那一个早晨。童年的印象真是奇怪，它竟然会如此地清晰。生活往人的大脑里塞进了多少东西，可永远挤不掉那个早晨。他清楚地记得那是个秋天——准确点说是个初秋的早晨，他和一个看泊人看海去。看到了什么，他记不很清了，反正是第一次看到了海。二十多年后他回忆童年的时候，首先映入脑海的是他跟上一个成年人往荒滩上不停地走……

他吃过晚饭，觉得身上很疲累，就在沙发上仰一会儿，闭着眼睛。爱人蓉真用手拭了拭他的额头，他笑了笑。她坐在他的身边说："跳舞去吧？机关的年轻人都去……"他摇摇头。这一摇把爱人吓了一跳:"好啊,你不去。机关的第一次舞会你不去。你可是团支部书记!"

他在心里嘲笑她的大惊小怪。我不去怎么了。我就是不去。我就是要做一个敢于不参加舞会的团支部书记。哼。你今天积极了。你忘了前不久那会儿跑回家来说——跳舞的都要抓起来,你跳了吧,跳了吧。我说我没跳,我还没学会——这时候你才眉开眼笑。哼。我倒想我当时真该跳过几场才好呢……虽然这样想着,他还是站了起来,到一边的衣架上去寻外套了。系上领带的时候他暗暗想:我是团支部书记啊!

他们手挽手地往机关大院走去了。他们的宿舍楼离大院有二里多路,为了增加些锻炼身体的机会,他们从来上班不骑自行车……天还没有黑尽,街上的小摊还没有完全收起来。时近初春,可是还有些冷。小摊前的生意人大都穿着厚厚的棉大衣,年轻些的穿鸭绒服。蓉真被一个摊子吸引着，胳膊勾着他往前挪动，直到快要走到近前他才看清那是卖牛仔裤的。这个人有本事，不知怎么捣鼓来这么多的牛仔裤，用绳子吊在几行木柱上。他特意凑近商标看了看：一块铜板钉在后屁股那块儿，上面印着一个叫不上名字的、很吓人的动物。蓉真在十天前就穿上了牛仔裤，当时他还担心这种裤子会叫爱人半天工夫就叫起苦来，可是第二天问她感觉怎么样，她说可舒服哩，怪不得风行这么快……到了第三天上，他发现爱人似乎比过去更洒脱了。到了第四天上，他感到爱人的确变得比过去温柔了。

沈小荒长久地站在小摊跟前看着。卖东西的是一个三十多岁的少妇，削肩膀，高个子，自己也穿了一条牛仔裤。她苗条、漂亮，不搭理顾客，只是若无其事地在挂着牛仔裤的木柱间旋转着身体。他看着她，要买条裤子的念头竟然越来越强烈了。他掏出钱来，爱人说你傻吧，你是参加舞会去的。他就像没有听见一样，很快地买到手，麻利地代少妇包好，然后和爱人手挽手向前走去。

一个卖冰糖葫芦的人老在他们前面走着之字，仿佛非要他们买一支才算罢休。他们也就买了两支。街边上卖瓜子的很多，摊前一律点一盏电石灯。电石灯橘色的火苗不停地跳荡，使人想起灯苗下正做着什么有趣的或神秘的事情，惹得行人一次又一次围上去，又一次次地离开，离开时总有人捏紧了一包瓜子。一个老太婆白发苍苍，灯火把她的脸映成了红色，当手挽手的两个人走近她时，她正好喊起了很长的一段话，话的大意是出了一个非常笨的怪人，怪人发明了一种非常好吃的瓜子，谁不买了吃就是非常笨的人等等。他们自然不愿做什么非常笨的人，于是就买了一大包来吃。

夜色浓了，大院还没有走到。他们发觉在路上耽搁的时间太长了，就加快步子走起来……沈小荒不知怎么又闪过了非常熟悉的一个镜头：一个小孩子跟在一个成年人的身后，一步一步地往大海滩上走去，小孩子的脚和手都被棘窠子划出了血。他这样想着，不知怎么觉得柏油马路也变得松软起来，踏在上面就像踏在沙滩上一样。叫卖声，人流的喧嚷，一切都化作荒滩上的声响了。他仿佛又看到了绿草地，看到了被树木切割成一束一束的白亮的阳光……蓉真叫了他一声，他才挽掉脑海中的那个镜头。前面是雪亮的、齐整的路灯，他们就沿着一串路灯向前走去。

礼堂内外都挂了彩灯。正门被一道彩画屏风映住，上面画了一对对舞伴在起舞，飘动的五线谱图案像围脖儿一样把他们的颈部都缠住。屏风内装了各种彩灯，闪动不停的、各种颜色的光差不多使画面上的舞伴舞起来……你凝视着这个漂亮的屏风，两腿就会不自觉地原地挪动起来。快些绕过屏风吧，走进去吧，里面有音乐，有春风，有说不清的各种各样的美妙东西，够你享受一个夜晚的了。这是周末，一个星期挨来的好时候啊。可这又是几十年来的第一次周末舞会，那么可不可以说是几十年挨来的一个好时候啊。你多么年轻，你正好挨到了这个时候。你的妻子和你手挽手地走近屏风，这本身就是一首歌。快绕过屏风吧，快进去吧，用不着慌促和害羞，这又不是什么窝囊事情。你进去的时候就会知道，灯光是橘红色的，它使所有人的脸看上去都是红扑扑的……前面有一对人影儿在屏风跟前略一踌躇，接着就要绕过去了——正在这时候屏风后面突然闪出一个彪形大汉，彬彬有礼，身体前倾，手持花束递给两个人，说了声"请"，又说了声"非常感谢"，又说了声"欢迎光临"，又说了声诸如此类的话。等不知所措的两个人绕过屏风之后，那个彪形大汉也飞快地闪到屏风之后藏起来了。他在等下面的另一对人走过来——这多少有点等鱼上钩的味道。

沈小荒开始和蓉真做舞伴跳了一会儿，后来歇息的时候，受到了办公室主任姜虹琦邀请。姜主任将进门时大汉给的那一束塑料假花掖在了裤兜里，这使沈小荒觉得很不得劲。姜主任说："怎么样小沈？舞厅布置得怎么样？"沈小荒很想擦一下脸上的汗。他回答："好，好好。嗯嗯，真想不到能弄成这样……"接下去姜主任说她领人弄了好几个下午，一边说一边抽出手来飞快地掖了一下就要滑脱的塑料花："我可不怕别人说，我想反正这是第一次，让你们那些保守派说去，我可要布置一个第一流的舞厅……那些人，还成天讲思想解放哩……"沈小荒后半截没有听进去，因为和她跳舞需要全神贯注地去配合步子，不一会儿你就穷于应付了。主任的舞步也说不上错误，也说不上不合拍子，只是好像动力太足，整个身子往前一冲一冲的。她的两只胳膊扶在他的身上，又硬又板，多少使人想起对方像是在推小车似的……音乐听起来也不完全对味儿，抬头看看乐队，乐队的阵容倒很可观呢。沈小荒问主任哪雇来的乐队？主任回答：梆子剧团。原来几个地方戏剧团卖不出票，就将乐队分成几拨子，专门为舞场去伴奏。肯定是乐器配得不对，肯定是或多或少透出了一些梆子味来。沈小荒这么想。

音乐继续奏下去，可是沈小荒突然觉得姜主任停止旋转了。他抬起头来，顺着她热辣辣的目光望过去，终于发现门口出现了身体瘦削的李部长。李部长跟前的几对年轻人立刻有些不好意思地停住了舞步。部长哈哈笑着："跳嘛！跳嘛！……"老头子一边说一边脱了黑呢大衣——在他的大衣刚要挂上衣架的时候，姜主任的手臂就迅捷地从沈小荒身上拖下来，高声喊着李部长跑过去了……沈小荒孤零零一个人到桌边坐下来。他不想再去邀请舞伴。他只是看着李部长和姜主任跳舞。他在心里多少有些为部长担心，怕他受不住这个舞伴的奇特的舞步。正这样想着，没有多会儿，李部长果然喘息着败下阵来。老头子一边用手帕擦脸，一边坐到靠墙的一个桌子旁，脸上笑眯眯的，还仿佛为自己的体力不支而深感抱歉似的。姜虹琦也坐下来，两人交谈起来。姜主任有时用手指一下彩灯，部长就抬头看了看，微笑着点点头。看来他们仍在谈论有关布置舞会的事。可是后来姜主任的脸就阴沉下来，李部长也不像刚才那样高兴了。停了一会儿，姜主任在向着这边招手了——沈小荒终于看出是让他过去坐。他一边起身，一边点头答应，不知怎么心在扑扑地跳动。

他刚坐下来，姜主任就问："杨阳怎么没来跳舞？"他摇摇头说不知道。姜主任长叹了一口气，说：

"就是杨阳没来。这个小青年对集体活动从来不热心。工作也不积极。一心恋着乱抹乱画。小沈哪，你们支部里可要帮帮他……"

沈小荒点点头……他实在想不出不来跳舞算什么问题，但他还是点了点头。姜主任是党组里负责联系团支部工作的成员，他已经早习惯于在她面前点头了。她由一个杨阳说到整个机关的青年工作，整个机关的风气。

杨阳的问题似乎是绝对不能忽视的一个问题了。

从部长和主任身边走开后，他一直一个人坐在一个角落里。直到舞会快要结束时，蓉真才把他找到。她抱怨："你真行啊，你是看跳舞的来了……"他没有作声。

往回走的路上蓉真在讲她的一个个舞伴，他也没有插话。奇怪的是脑海里这会儿又出现了童年时候的一个镜头，他抬头望了一眼满天的星斗……哦哦，他在那儿度过了一个怎样的童年啊。他后来进工厂，又考入大学，最后毕业分配到省城的这个机关里……由于海边村子里没有了直系亲属，他十几年没回过一次老家！……蓉真不停地说着，见他总不插话，也就停了下来。她说："我知道你累了。""是啊，我累了……回去的时候，我要给你讲讲小时候的事……"

蓉真笑了。"又是海滩吗？又是芦青河吗？"

"又是海滩。又是芦青河。"

三

那一天他是哭着往海滩深处走去了。他憎恨长乐的木铲，也憎恨长乐这个人……可是辽阔的荒滩上奇奇怪怪的花草树木、各种的鸟儿、小兔子，又很快使他着迷了。他第一次看到海的时候是多么的兴奋哪！当时他跟在长乐的身后往前走，一眼望到前面有无边无际的一片蓝蓝的水，就高声大叫着窜到前面去了，也顾不得脚上还带着棘针划破的血口。这就是大海啊，做梦都梦见的大海。小荒跑啊跑啊，不顾一切地跑着，长乐看着看着也高兴起来，还像个驴子那样伸长了发黑的脖子，有些嘶哑地大声呼叫起来。各种鸟雀都被这叫声惊飞起来，有的从灌木中、草窠间，慌慌张张地钻出来。小荒还是跑着，他跑着跑着突然明白了，长乐是喊了为他加劲的。

这一天小荒过得无比愉快。整个的一天他都和长乐在一起，跳进海水里挖蛤子，钻进林丛里寻鸟蛋。一切都无比神奇，一切都是这样的多趣。海滩上的天空比村子里的更加旷阔和高远，也更加蓝。大海滩上只有他和长乐两个人，却丝毫不让人孤寂：这里有那么多不安分的小生命，有野兔和雄鹰，有小沙里拱、小土鳖、小蚂蚱，有甜根草、野菠菜、野大米草、小苦萝卜……他愿意每一天都和令人厌恶的长乐在一起。

后来的日子，他果真就常常跟在长乐身后来大海滩上了……长乐慢慢也变得好起来，再也没有横眉怒眼地用那个木铲揍他的屁股，倒是用它掘出了小海螺、野面瓜，用火烧熟了给他吃。看来长乐也乐于有个小伙伴跟他在大海滩上晃悠。他原来是一个人在荒滩上晃悠大的，又在这荒滩上长到了四十多岁。到现在，他也还是独身一人。小荒对他说："我就和你一块儿当看泊的吧。"他摇摇头："你马上就得上学去，嗯，就这样'唰'的一下戴上个小笼头……"他说着飞快地用粗糙的大手捂住了小荒的脸。

他说得不错，没有几天小荒就给送到学校去了。真好像牲口戴上了笼头一样，整天都给关在校园里！难得一个星期天，每逢这一天小荒就跟上长乐回到海滩上了，到草地上滚，到海水里泡，有时还爬到全海滩最高的一个大杨树上！玩得真畅快呀……这样过了有一年。有一天小荒对长乐说："我用不着上学校了，再也用不着了！这下可好了，学校解散……"

大一点的学生都跟上老师造反去了，小学生们也就"解散"了。小荒可以整天地泡在荒滩上了。这是小荒一生中最大的一个节日，也是长乐几年来最高兴的一天。长乐竟然像个孩子一样，沿着浪印的沙土赤脚奔跑着，还用木铲拍打着自己的屁股。他唱着："……摘下了草帽就把那个裤腿挽哪，看看谁是模范……"小荒跟在长乐的身后奔跑，也学着他咿咿呀呀地唱，自己也不知道唱的是什么。

他们一块儿看管这片大海滩了。

长乐给小荒削了一支五尺多长的柞木杆子，算是将他的伙伴武装了一下。小荒问他："你怎么不背个枪来？看泊的没有枪行呀？"长乐笑着抽出木铲，掂了几下说："有这东西比什么也强。武器不在高下，为主的是你会不会使它。会使了，就是一个高招儿。"

小荒怀疑这把木铲的威力。他知道木铲主要是挖野生东西的。

长乐将外面的一层衣服脱下来，只穿了一件秋衣。他把衣服往旁一扔，接上声色俱厉地喊了一声。然后，几乎是和喊声同时，将左手的食指和中指并到一起朝天上指了一下，就挥起木铲舞动了。木铲这时真的像一把宝剑了。它从头顶绕过去，又在脸前翻了个花儿，左摆，右摆，接上去恶狠狠往沙土里一插——就以这样相同的程序来了五六次，长乐就热汗涔涔的了。他终于喘息着停下来，用一双亮晶晶的眼睛盯着小荒问，"不厉害吗？！"

　　小荒想刺进沙土里那一下如果刺在人的身上，是必定要把人刺死的。于是他连连说："厉害！太厉害了！"

　　长乐哈哈大笑，一边穿衣服一边望着远方说："那些想来糟蹋大海滩的人，如果不怕死，就来吧！'人不犯我，我不犯人'……"他说着说着严厉起来，猛的一下捅上衣袖，又重复一遍说："我不犯人！"

　　小荒好奇地问："大海滩上有什么要看护的呀？"

　　长乐惊讶地看了小荒一会儿，几乎是喊着说："有什么？哎呀！村里还有比大海滩更要紧的东西吗？没有！还有比大海滩上的好东西再多的吗？没有！"他说着用木铲往远处一划，"看看吧，从东到西，从南到北，都归咱管。你看见那些杨树、橡树了吧，都归咱管。多大的松木林子，都归咱管……要是有个恶人放把火，大海滩就毁了！你还说有什么好看护！哼哼……"

　　小荒不作声了。

长乐又说："就是那些打干草的，也不能让他们进滩！"

"打干草怕什么？"

"打干草不怕什么。不过打干草就得带走草里落的树籽——树籽在烂草里就能发芽长成大树！你嫌海滩的林子密了、大了，才让他们进来打干草，是呗？！"长乐睐着一双细长眼，嘲弄地看着小荒。

他们在荒滩上转开了……长乐告诉小荒：他们这些天连大海滩的一半也没有走完哩。你想想吧，大海滩有多么大，看护大海滩这任务有多么重。为什么找上我干这活了？这说起来可复杂。不错，老支书是俺一个远门亲戚，不过也不为这个。别人都有家口，谁也不愿抛家舍业，一辈子都搁在这荒滩上。这还不算，要紧的是看泊人得心眼正，不往自己家划捞东西；还得有个好身板，会几下功夫路数。这几条占全了你当容易吗？不易！也碰巧这几条我全占了，我不看泊谁看泊……谁要是以为看泊就是闲遛着玩，那他是屁也不懂。看看泊人这两条腿吧！看看泊人这两只脚吧！看看泊人这两只手吧！哼哼，看看吓死人……

他们转到了一片松林里。越往里钻越黑，松林竟然密不透风。长乐嘻嘻笑着。走了一会儿他们坐下了。长乐对小荒说：

"小荒呀，你我交往也不是一天了，你我是朋友了。有些事我不愿再瞒你了。我今天是想领你看一样东西，你看了，千万不要往外说，就是你爸你妈也不要讲——做得到吗？"

小荒严肃地点点头。

"那跟我往前走吧！"

前面的松林更密了，松针老要刺人的手和脸。不知穿过了多少道这样的屏障，眼前终于出现了一个小小的草铺子。长乐说到了。小荒不解地望望他，他用手一指小草铺说："就是这东西！"……两人钻进了铺子。

小荒走下两道台阶，这才明白了：原来铺子被沙土埋住了一截子，里面很宽敞呢！一股浓重的潮湿霉烂味儿直冲进鼻子里来，小荒用手掩住鼻子，端量着这个奇怪的地下小屋。小屋的四壁为防沙土剥落坍塌，一律用树条编成的帘子盖住，显得很齐整，也很牢固；壁上钉了一根根的木子，上面拴了干粮袋、干菜叶、捕野物用的铁夹子、塞满了草的兽皮筒、三两条干鱼……靠北墙根下，是一个油光光的床铺子，席子是用蒲草编成的。一些小瓷坛、小泥罐，都整整齐齐地堆在一边；靠着坛子的，就是一个小铝锅……小荒笑了。

长乐兴奋而自豪地看着小荒。他的伟大的艺术品呈现在另一个人的眼前了……他指点着小铺子说："这个地方除了你，谁也不知道！这是我用心搞起来的一个窝——那些村里人看我常常回村，还以为我就只有村里一个窝呢。他们做梦也想不到我会在海滩弄出这么好的一个东西来！这可不能让别人看见。谁看见了不眼气？

他们进来，就会糟蹋一气，然后把什么东西都取走！这叫什么？这叫'端老窝'！自古以来，人人都怕'端老窝'！这就是我为什么要嘱咐你不要跟别人讲的根由了——你弄明白了吧？"

他们又端量了一会儿铺子，长乐就拉着小荒躺到小床铺上了。长乐高兴得全身乱扭。他问小荒："是个舒服地方吧？"小荒说："嗯。"长乐又说："等有机会我让你在铺子上睡一宿。在这里面睡觉可不比在家里，这里能睡出个特殊滋味儿来！不信你就试试！……哎哎，不过眼下不行，眼下……海滩上有鬼……"长乐说着沉下脸来，从铺子上坐了起来，"我早晚抓住这个鬼——那天夜里我见了，就在松林里，白的，一闪一闪，跳着走了……"

小荒有些害怕地看着他，又瞅一眼他腰上的木铲。

"我准备……"长乐用手抚摸着木铲说，"我准备换一把桃木的。桃木铲——如果是遭雷劈的桃木做成的更

红裙子 / 2013年 / 130cm×110cm

惠风和畅 / 2013年 / 125cm×115cm

好——鬼见了怕！我非抓住那个鬼不可……"

小荒问："抓住了怎么办呢？鬼可是脏气的东西，就像蛇一样……"

"不怕不怕，揍一顿，扔到海里，然后用罗锅牌香皂洗洗手就好了，不碍事了……"长乐说到这里高兴起来，重新卧到了铺子上。他舒畅地伸着懒腰，想起个什么，就问：

"你看我娶个媳妇放这老窝里行吧？"

小荒笑起来。

"笑！你当不行吗？真能娶上媳妇，我就放进这老窝里！胡头才傻——你听说村里胡头的事了吗？他一身毛病，把老婆气到娘家去了，一走就是三年！到现在也没回！胡头才傻！老婆多好，放进老窝，我就四下里寻东西给她吃——什么重活也不让她干，她待在老窝里就行了。我知道老婆宝贵，可不能让她干重活。到头来她要生孩子，就生在老窝里好了……"

长乐的眼又眯起来了。他仰躺着，像在望着很远很远的地方。

小荒却在想着胡头。那是村里一个怪人，满脸的黑胡子，眼角老是不干净，平常也不说话，怪吓人的……

四

从舞会上回来，沈小荒心上就像压了块石头。跳舞不是让人愉快的吗？探戈，华尔兹，伦巴……瞧这些名字吧，带着别一种色彩挤进你的生活中，使你的生活变得富有活力，富有节奏，富有弹性。爱增多了，亲昵，温存，和谁都细声细气地说话。想想吧，穿过礼服，在音乐声中迈动过舞步的人，怎么好粗野地对人说话呢。可是……可是在沈小荒看来好像就不是这样。他倒想发火。这火气也不知从哪里来的，很可能就是从舞会上来的。不过爱人情绪高涨，还劝他赶快穿上牛仔裤。她那么多笑，老想吻他，他终于明白自己的火气、自己的烦闷也不全是来自舞会上的。来自哪里呢？准确点说，好像来自一个人——杨阳。

杨阳原来是一个机要员，四年前由一个村镇中学选来的。刚来时沈小荒见过他：十四岁，胖乎乎的，嘴唇上生了一层可爱的茸毛，两腮通红，润湿的嘴上总漾着天真的笑意。沈小荒第一次见他，就忍不住在他的头上摸了一下，他也有些友好地、顽皮地伸出拳头，在沈小荒的腰眼那儿轻轻按了一下……两年的业务训练过去之后，他不知怎么就瘦下来。脸色发黄，一双眼睛老要死盯住一个地方。领导上终于看出他再不适合做机要工作了，就让他做了办公室的图书资料员。他现在仍是资料员，业余时间喜爱画画。姜虹琦主任听说他十三岁时参加过地区画展并得过一等奖，就让他画了一张像。杨阳绝对是一个现实主义画派的继承者，画得太像了些，所以主任把画像收下又在暗地里毁掉了。她评价说："不安心工作，又没有那个天才，真是咄咄怪事！"她只要说到"怪事"，前面总要加上"咄咄"。有一次沈小荒在她面前用了一个"咄咄逼人"，让她白了好几眼，并大声更正说："是'咄咄怪事'！"沈小荒点点头走开了，不过心里嘀咕："哼，'咄咄'也不能全留给了'怪事'呀，当主任怎么的……"对于杨阳，他却远不像第一次见面那么喜爱了。这全要怨他自己：只埋头画画，成天不说一句话；而且长得也不如从前漂亮了，见了面，一说话就死死地盯住你，仿佛你的所有秘密全被他知道了——虽然你知道自己并没有多少秘密，并且对方也丝毫不知，但你还是感到了一种威胁，感到了一种特别的不快。要解除这种威胁，最好的办法是不理他。

可是沈小荒身为团支部书记，姜主任常常为杨阳的事情找他："你知道吗？杨阳上班的时候关着门。""你见没见？杨阳进楼的时候腮上还沾了块红油彩。像什么话，我们这样的大机关……"没办法，他必须去和他打交道，必须去解决这个"小大难"。上班关着办公室的门好像不算大问题，但你的脑瓜多转几下就会感到事情的严重：他会不会关上门作画？会不会睡觉？会不会休克？……有人就是在关着的办公室里做过各种事情，这都是有案可寻的。比如，甚至就有人在关起的办公室里做过文明人不屑于谈论的下流事情。鹤翔庄气功风行的时候，还有人关起办公室的门做功，以至于来了"自发功"，一发而不可收，砸碎了办公桌上的文具，使国家遭受了损失。至于脸上抹着油彩上班，一般可解释为粗心大意，但也并非就没有意外的例子。有的人就是通过丑化自己而发泄和排遣对新生活的不满情绪，比如对工作的厌倦，对一个庄重的、庄严的大机关的藐视……

　　这一切沈小荒都理解，都能理解。一个近三十岁的人也许是幸运的，他似乎经历了一个历史的结合部位，承上而启下，继往而开来。造反的呐喊听过一些，北京的十月也明白一点，搞现代化更是身在其中。好了，一茌特殊的明白人就这样飞快地成长。不过事物的发展总不那么平衡，明白人中往往夹杂着几个十足的糊涂鬼，到头来不得不让明白人出面去教化。此刻的杨阳就是一个不打折扣的糊涂鬼。他的不参加舞会虽然不像上班关门或腮上沾油彩那么严重，但也不可以不闻不问，等闲视之。

周末的太阳转回来，大家都该松闲了，过一个轻松愉快的星期日了。家家包韭菜水饺，一家两口或者三口围在一起。小擀面杖在案板上灵巧地滚动，饺子皮雪白雪白，溜圆溜圆地从杖下碾出来——这一切都是艺术。这种艺术，在大机关工作的职员们，自以为是这个时代里特别优越的小康之家的成员们，是最善于享受不过的了；如果包水饺的同时再打开录音机，那么两种不同的艺术就算交融到一起了，使一家人感到空前未有的满足。沈小荒和蓉真在包水饺，并且又是刚刚打开录音机。这时候任何一方要离家外出都是大煞风景，足以让对方生气甚至绝望的。可巧的是蓉真一边干着一边提起了昨夜的舞会，这就提醒了沈小荒还有一个杨阳的问题。沈小荒一边拍打手上的面屑一边向爱人解释，但爱人毕竟也是在大机关工作的，知深浅，识进退，没等他解释完毕就催促他快走……

杨阳住独身宿舍，门上贴了一个仿毕加索的画。这张画当然怪得很，邻居们看了也自然觉得杨阳就和这张画一样怪。这张画是不是他做人和生活的宣言书，这就不得而知了。但是一个小伙子沉默寡言，愿意把自己关起来，这就不是一个好兆头。这也是一个现象。这个现象，就等于向生活和社会献上了一个谜语。有时身为团支书的沈小荒就想解开这个谜语，犟劲儿在他身上直拱动。

他现在就伸手敲门了。门上的画好像是一个女人或数个女人的头，他的手指关节就敲在女人的鼻子上："笃、笃笃……"

屋里有声音。不一会儿门就打开了。杨阳刚刚睡醒，像怕见阳光似的眯起眼睛望着来人，三分钟以后才恍然大悟地"唔"了一声。他转身进屋了，把沈小荒算是领了进去。

这间屋子里到处都是与油画有关的东西。墙上挂了画完的和没画完的画，挂了石膏塑像；地上不知叠盖了多少层油彩，有的竟无意中组合成一个奇怪的图案；特别醒目的是他的自画像：一个小伙子紧闭嘴角，神情庄严，双肩、嘴角、眉毛，一切都给人力量感。这张画表明了所画的人是不可侵犯的。这是作者的愿望，但由于这个意象太强烈，在一定程度上就干扰了他的创作，使人看上去不怎么像他本人……杨阳问："像吗？"

沈小荒故意反问一句："你得告诉我画了谁我才好判断哪——你画了谁？"

杨阳从对方的嘴角上那一丝微笑看出他是故意这样问。他于是觉得这张画没什么好谈的了。他在一个木箱上坐下了。

"吃早饭了吗？"沈小荒问。

"没有。待会儿我吃方便面。这回有番茄味噌。你和我一起吃吧？"

杨阳的情绪一下子高起来，大概是提到番茄味噌的缘故吧！沈小荒想这个小伙子的情绪波动也太大。这显然是个艺术型的人。

就像来看一个画展一样，沈小荒一件一件地转着看起来。杨阳背着手，跟在他的身后转着。沈小荒有时目光从画上收回来，转过脸去看一下作者。他们不说话，只是这样看下去。有一幅画吸引了沈小荒，他在那儿足足站了有十分钟，到后来作者本人也激动起来，竟然在他耳后断断续续地咕哝着："……啊啊，最好，你最好去看看……高更……"沈小荒转过脸问一句："什么？你说什么？""没有什么……"两人看完了，重新又坐下来。沈小荒问："你怎么昨晚上不去跳舞？"

"太累了。本来也不想跳，不过我想去看看。"

"又熬夜画画了吧？"

"哪里。姜主任拉我去布置舞厅。那天忙得也没顾上吃饭。光一个屏风就搞了半天……"

沈小荒大声追问一句："屏风也是你搞的？还有，里面的彩灯……"

对方点点头。

沈小荒沉默了。杨阳见他不说话，就到一个旮旯里找什么东西去了。

沈小荒不记得姜主任提过是小杨布置的舞厅。人们只顾得欢快地跳起来，包括自己在内，就没有想一下是谁把舞厅布置得这么好。人们像自己一样吧，只模模糊糊地觉得是姜主任为这次舞会操碎了心，跑前跑后。假如有一对单身男女在这次舞会上相见并且进一步发生了爱情，那么他们分一点爱给姜主任是并不过分的。可是这时候的杨阳呢？小伙子正躺在床上，闻着他的可爱的油漆味儿喘息呢。小伙子并不知道因为要歇息而没有到舞会上去也要引出一点小波澜，只是躺在床上，呼吸慢慢变得深沉起来、缓慢起来……沈小荒觉得一阵悲哀。他又想到蓉真了。他想她听到这些的时候，会想些什么呢？他此刻突然非常关心爱人的态度，非常关心！到底为什么，他说不清，大概是他急于寻找到杨阳的第二个同情者，尤其是要首先寻找到他身边人的同情吧？

有碗筷的响声。抬头一看，原来杨阳在低头捣鼓他的方便面——他摆好了两个碗，手里捏了一个塑料袋子，还捏了一个红色的小包——大概那就是番茄味噌了……沈小荒赶忙阻止了他，让他一定跟上回家吃水饺。杨阳问："吃什么？""水饺。""水饺不去。"

沈小荒惊讶地瞪着他："水饺多好……"

"好是好，"杨阳一边拆塑料袋口一边说，"不过包馅的东西我都不愿吃。包子我就不愿吃。我谢谢你……"

五

整个的半天，长乐都闷闷不乐。小荒见长乐的样子，也不敢多说话了。中午他们随便吃了点东西，就到松林里转去了。到了松林里，长乐蹲下来，指着地上说：

"看看，有抓挠过的印子吧？"

小荒点点头。

"哼哼！"长乐站起来，愤怒地拍打了一下腿。

"什么抓挠的呢？"

长乐长长地吸了一口气，说："就是那东西——那个鬼！"

"啊！"

"昨夜里我又在海滩上见了它——直跑直跑，一扭一扭往松林里跑……我追不上它。它像刮风一样快啊……"长乐自愧不如地长叹一声。

小荒低下头说："那么，木铲还没有换上桃木的吗？"

"换上了……不中用！"

小荒也泄了气。

他们一块儿往老窝里走去。可能是起了些风，松林深处传来呜呜的声音。松针一齐在这长远深厚的震响里抖动，碰到人的衣服上，发出沙沙的声响，像一些神秘的小爪儿挠过来一样。长乐怕冷似的将长脖子尽量地缩到衣领里，躬着腰往前走去。再有不远就能看见老窝了，长乐紧跑几步，从松枝下探出头去看了看，这才舒了一口气。他小声告诉小荒："老窝还在。"

老窝里面也依然如故。但是台阶下面踩上的痕迹又表明有什么东西进来过。长乐端量着说："它是来过的……"小荒心里知道他指了什么，默默无言地跟他坐到了床铺子上。长乐像嫌脏似的用什么东西拍打了一会儿铺面，才快快地躺下来。他的一双眼睛四下里看看，看毛皮筒，看干鱼，看辣椒串；当看到一个个兔夹子的时候，这目光就凝住不动了。他兴奋地坐起来说："有了！"

"什么有了？"

"捉鬼的办法有了！"

小荒也看着夹子："用兔夹子夹它？！"

长乐点点头："我这里不多不少有六副铁夹子，那三副下在芦青河堤上，待会儿也去取了来！嘿嘿，六副夹子下到松林子里，到时候咱们再一轰赶，不愁它就不上夹……"长乐说着大笑起来，小荒也高兴了。他们从壁上拿下铁夹子，小荒用手拉了拉，刚能将铁扣儿拉开一条小缝。看来铁夹上的弹簧个个顶事。长乐将夹子上的小部件整理着，嘴里一边咕哝："我现在要是死了，也算看了一辈子泊的人了。我看了一辈子泊，到头来还要受一些野物的欺负吗？我有我的法儿，这招儿失了有那招……"小荒插一句说："它也能算野物吗？"长乐久久没有作答。停了一会儿他用力地点一下头说：

"天底下真正的鬼才有几个？大半都是野物闪化的——就因为这个，我才想起使上兔夹子……"

小荒一声也不响了。他在心里钦佩起长乐的足智多谋了。他想，长乐有多少心眼啊，想事情想得真远！

夹子一会儿就整理好了。将夹子搁起来，两个人又躺下来了……长乐没有忧虑了，又哼起挖海扇子的那首歌了。他一边哼一边眯上眼睛笑，咂着歌子中的那番情味儿。他睁开眼睛问小荒："你说我娶个挖海扇子的女人怎么样？"小荒笑着，他能说出怎么样。长乐哼一声说下去：

"那年上就有个挖海扇子的女人转到老窝里来了。真是天意！这老窝男人也找不到，她一个女人就偏偏找着来了，说是讨口水喝。水有的是，她也真渴坏了，捧起一瓢水就喝，喝一半顺着嘴角流一半。流下的水湿了衣服，花衣服贴到身上去。她喝水的时候我就在一边看她，啧啧啧啧……"

长乐停下来斜一眼小荒，又说下去："喝完水我让她到老窝里面歇一会儿——谁知她挖了一辈子海扇，太累了，一歪就呼呼地睡起来；我看了一辈子泊，我也太累了，一歪也呼呼地睡起来。就这么，我搂着她睡，一口气睡了三天三夜……"

小荒震惊地看着他问："三天三夜没睁眼吗？"

"没睁。醒来的时候你猜怎么？"

"怎么？"

"还怎么！我觉到下巴颏那儿火辣辣地疼，一看，原来她的手在那儿放了三天三夜，把我的那块儿磨得发红。捞海水的女人哪，手让海水泡了一辈子，泡糙了，锉刀一样……嘿嘿嘿……临送她走，没说的，就贴上去亲了她一口……"

故事完了。小荒满意地笑起来。小荒立刻觉得这个老窝可不是原来以为的那么寂寞了……不过他还是怀疑长乐的话，就摇头说："我才不信。"

"好事不怕不信。"长乐板起脸说。但停了没有多会儿，他又哈哈笑着说："没有的事呀！后截儿是我编的……她喝完水就走了，是我送她走的……"他说到这儿把嘴对在小荒的耳根上说："咱有这么个老窝，干什么坏事不行？干什么别人也不知道。不过做人就得讲良心，我长乐一辈子没在大海滩上做过一点亏心事……"

小荒完全相信他的话。

又杂七杂八地拉了一会儿，长乐突然看了看手腕，嚷一句："时候不早了！不早了！得到河边取夹子去——也不知这些天夹住东西了没有？取回来下到松林里，晚上看好光景吧……"

两人出了老窝，一块儿往芦青河边走去。小荒终于寻了机会逮住长乐的手腕，对在眼前一看，不禁愣住了——原来手腕上的手表是画的，直接画在皮肤上，表盘都没有画圆……

这天他们把六副夹子全下好。

晚上两人候在松林里，可是半夜过去了也没见那东西露面。两人有些伤心，就索性回老窝里睡去了……

第二天晚上，他们又候在了林子里。这个夜晚正挨上了风，松林又呜呜地吼叫起来。长乐倚住一棵树对小荒说："怪瘆人的……等等看吧，浪高鱼大……"他的话音刚落，小荒就看到有什么东西在前面闪了一下，似乎离这里老远。他手指抖动着指给长乐看。长乐看到了，让他莫要声响……就是个灰白的影子，沙沙啦啦地摸索过来，后来只离两人三四十步远了。它好像在地上和树枝上寻什么东西吃，老是摸摸索索的……长乐慢慢把木铲从腰上拔出来，等待着机会。

它更近了。小荒觉得头发都要竖起来，胸口跳得真急。这时只见长乐用木铲指向了那个东西，嘴里同时大叫起来："杀——"他喊着，身子却一动不动。

它扭身就跑。

两人一动不动地看着它远去了。但住了不一会儿，前面就传来一声尖叫。"夹住了，夹住了！"长乐欢快地喊着，拉上小荒就跑……它在地上转动着，哼哼着。他们拉起来一看，原来是身穿蓑衣的一个人！仔细看了看，是胡头，那灰白的颜色就是蓑衣草。胡头两手扳住脚丫嚷着："哎呀，哎呀，夹破了我一根脚趾头……"

长乐和小荒呆呆地看着胡头在地上转。胡头的身边放着半口袋松球儿。长乐看着看着愤怒起来，用木铲按在胡头背上大骂起来："王八胡头，好哇！你进滩偷松球儿，还要装鬼吓人！我非把你交给斜眼老二不可……"

斜眼老二是村里的民兵班长，现正代理民兵独立营营长。他素以执法严厉出名——这点连小荒也知道。胡头听到这里顾不得再喊疼，又是央告："长乐老好伙计，饶了我这一遭吧！我偷松球儿是真事，不过可不敢装鬼……"

"那你披这个破蓑衣干什么？"

"松针老扎人，我用它挡脸、挡手脚……"

长乐不言语了，踢了胡头一脚，押上他往老窝走去。

长乐让小荒点上支松明，自己坐在床铺上，让胡头就坐在当心的沙子上。胡头的脚趾果真在流血，上面又沾了沙土；他的满脸都被胡子包住了，脏极了；只有一双眼睛是特别标准的大双眼皮，看上去略为好看一些，他也不过四十多岁，可看上去少说也有五十。长乐端量了他一会儿，说：

"看看你这副熊样儿也怪可怜人的，可他妈的就是不务正，来海滩上算计我来了……"

胡头用草叶儿缠了脚，说："就是可怜啊！我哪敢算计你？孩子跟上老婆走了，得病就回来要钱，我哪找钱去？我听说有些学校收这东西生火炉，就生出这法子了……"

"你他妈的活该，好生生的老婆让你给气跑了！老婆你好气她吗？"长乐说着走过来，用脚把胡头推倒，然后扳过那个伤脚看了看，从旮旯里摸出什么碎末末撒上了……脚上的血立刻就不流了。胡头也慢慢来了精神，两只黑手奇怪地往上一举一举，把小荒给逗笑了。停了一会儿，他又从衣服的夹层里摸出一杆小烟斗，小得没法捏，放在嘴上吱吱地吸起来……

"真他妈的一个怪物！怪不得你老婆要跑，天生一个魔怔东西……"长乐重新坐上铺子，兴味十足地看着胡头。

胡头磕着烟灰说："咱这些人，这个年头里都该是朋友……"

"谁他妈的和你是朋友！"长乐笑着骂道。

"依我看嘛，嗯嗯，嗯嗯……"胡头伸出两手在腮上的胡子间挠动着，也不知咕哝一些什么。

小荒此刻倒觉得胡头那么有趣，想起长乐为这么个傻汉费过那么多心思，刻过一个桃木铲，心里老要发笑。要不是长乐在一边，他一定会凑上去跟胡头玩。

长乐从铺子里走过来，用膝盖碰一碰胡头说："告诉你听着，以后有什么事先来请示一下，再要偷偷摸摸，送交斜眼老二！法办！"他说完又瞅了瞅手腕上画的表，见上面的短针正指着夜间十点，于是吆喝一声："时候不早了，滚吧！"

胡头听了，也将开衣袖看了看手腕——尽管动作很快，还是让小荒看清了那上面也画了块手表，那表的短针也正指着夜间十点。胡头甩甩衣袖呼道："不早了！不早了！"说着就背起了松球口袋……

六

在爱人的鼓励下，沈小荒穿上了牛仔裤。他准备穿着它上班去。为了稳妥起见，他提前一个多小时穿上它，以便适应一下，不至于让机关的人见了别扭。实在紧巴了些。也许别人看了利索，自己感觉不利索。他以前庆祝十二大的时候踩过一次高跷，这会儿的感觉让他想起那次踩高跷。不管怎么，爱人总在一边鼓励，什么时代潮流呀，观念更新呀，动态与静态的关系呀，劳动人民的裤子呀……行了，行了，可以住嘴了。我们上班去。注意带门以前摸摸兜里的钥匙。

　　一进大门就遇上办公室机要秘书小关。他大约十天前刚换下牛仔裤，如今穿的是一条特别肥的厚厚的裤子。这条裤子别人叫不出名堂。但是肯定有名堂。这正如他几个月前穿牛仔裤时的情形一样。小关在机关里无形中领导了发式和裤子的新潮流。据说他的神通主要来自电影电视，来自模仿。他能把裁缝指挥得溜溜转。他的上衣还不行。有一次他从电视上记住了一个衣服样子，可是不巧漏记了肩膀上的一个小带子，结果这种衣服十天以后时兴过来了：人家的肩膀上都有小带子，唯独他的没有……小关永远会为这根小带子感到懊悔。可是没有办法，这是历史造成的……尽管如此，小关值得骄傲的地方还有好多。比如他同时还会开车，姜主任有事，有时宁可让司机闲着也要招呼他。姜主任常常像拍打孩子一样地拍打他的后脑勺，他也像孩子那样一拍一缩。姜主任很喜欢他……这会儿他扫了一眼沈小荒的牛仔裤，马上开口赞扬说："有劲！还不'乡气'……"

沈小荒微笑一下走开了。"不'乡气'"这已经是对方所能给予的最高评价了。小关在机关里常常用这一类的字眼刺激对方：乡气！到底是农村孩子！断不了土味！你们农村……有一次不巧说到他的一个老乡头上了，老乡忿忿地揭露说："你爸娶了个城里改嫁的媳妇！要不你能到城里上学？你爷爷串村说鼓书讨饭才没饿死你爸……"小关那一次差点哭出来，只是莫名其妙地嚷着："说鼓书！说鼓书是一门艺术……"沈小荒想，小关选择裤子的本领也够得上一门艺术了，也许这门艺术在今天比杨阳的画还要深奥得多……正这样想着时，刚转过一个楼梯角的小关突然喊起他来。

小关在那儿笑着等他。他走过去，小关立刻把胳膊搭过来，极其神秘地说："小沈，告诉你个新信息——"最近他把什么消息都叫成"信息"，"可是你先不要外传啊！姜主任，听说了吗？在新班子里要升半格……人走时运没有办法。早几年进修那次，已经算上大专学历了！这一下子年龄、学历，又是女的，什么都占了……开始部里说那次进修时间短，又是机关里送去的，不能算数……"沈小荒不耐烦地插一句："那怎么突然又算数了？"

正说到这里杨阳走过来了。小关煞住了话头，等杨阳走到身前时，伸手弹了一下他的后脑壳。杨阳恼怒地回头看了一眼，并未停步，继续往上，到他的四楼资料室去了。小关将十个指尖放到一起撞着，说："这小子不义气。我从办公室捣鼓了好多纸给他，当时笑眉笑眼的，过后见了我理也不理……后来怎么算了？还能不算。姜主任没有办不成的事。她天天找部里领导。事情明摆着：伸手跟你要这半格你也得给；先要学历，然后再名正言顺地提拔，这已经够客气的了，都是老同志了，谁也不容易。怎么，这还不明白吗？……就是这样……"

沈小荒说不上高兴还是不高兴，随口咕哝一句："就告诉这么一个消息吗？提不提与咱没有关系……"他说着就要离去。

小关抓住他的胳膊说："不不，我是告诉你，下午的小组会在二楼会议室开——这回可是讨论我的组织问题的。原来想在一楼开，临时换了地方……"小关脸上漾着奇怪的笑意。

沈小荒答一声"知道了"，就向自己的办公室走去……本来应该在昨天下午讨论小关的组织问题，可姜主任开会时到处喊人，人还是到了很少一点。等到把人召齐，已经到了下班时间了。姜主任埋怨起大家来，大家却都说不知道有这回事。姜主任气得脸都要歪扭了，对李部长说："看看，真是咄咄怪事！昨天我一个科室一个科室地传达了，今天又都说不知道……"李部长倒是很早就坐在会议室里等待开会了，手里摆弄着眼镜腿儿玩，样子显得十分耐心。他这时就对姜虹琦说："那改到明天吧，明天吧。"……其实事情明摆着：人们对小关加入组织的事有看法，故意推脱罢了！……可是终于推脱不掉。我们的时间很充裕。沈小荒想到这里苦笑了。

下午的会人们都到场了。

会上终于没有爆出什么冷门。优点，缺点，努力方向，新鲜血液，大有希望……这些词被大家交替使用了半个下午。小关当然通过了。姜主任的脸红扑扑的，一直处于兴奋状态。好像大家讨论的对象不是小关而是她一样——沈小荒对这张红色的、满是皱纹的脸一直感到费解……挨到沈小荒发言的时候，他踌躇了一会儿，说："我对小关同志……"他提到小关，心里就有些冲动。他想到了这张不诚实的脸相，就想面对着这张脸如实地把自己的评价摊开来。他觉得一个严肃的、崇高的阵容里从今天下午就要增添一个这样的脸相，怎么也是让人难过的事……他嗫嚅着，"嗯嗯"地支吾了两三句。姜主任和所有的人都不作声，都把目光射过来。室内静极了。姜主任说："小沈，今天可要畅所欲言！今天是一个很不平凡很不平常的日子……"他听着，点着头，渐渐畅所欲言了。他照例谈到优点和缺点，照例谈到希望和新鲜血液，也照例得到了满意的反响……李部长十分激动，瘦削的脸上，那双眼睛显得分外明亮。这双眼睛望着每一个人……

本来一场讨论就该这样煞尾了。可是节外生枝，不知谁偏偏提到了杨阳的问题——机关青年中唯有他没有交申请书，这算不算一个问题呢？

发言顷刻间热烈起来。有的老同志评价杨阳时使用了一个质朴的词汇："好孩子"——这三个字却不知怎么惹起了一部分人的反感。不具体，评语也嫌陌生。机关大会上竟使用这样的词！这未免太不严肃了。怎么算"好孩子"？政治上积极要求进步吗？工作态度？业余爱好与本职工作的关系？团结问题？……在分析他为什么迟迟未交申请书的问题时，有的同志在为他申辩时又不慎使用了另一个碍眼的词儿："他还小"——这和"好孩子"有什么出入！真是异曲同工！革命青年怎样才算大？人小志不一定小，况且他工作好多年了，并不小，姜主任特别抓住"他还小"三个字认真做了分析。她的分析特别使沈小荒不能赞同。他心里想：这么说怎么了？前几年特别革命的样板戏里，在一个女民兵坚决要求上战场时，不是首长也说过她还小吗？这才是咄咄怪事……他这么想着时，主任已经在点他的名了："小沈，你这个支部书记怎么当的嘛！你该及时了解团员青年的思想情况，特别对于小杨……"

没等她说完，他已经在习惯地点头了。

散会后他就到资料室找杨阳去了。一推门，关着！沈小荒有些恼怒地敲起来，敲得重重的，一下，两下……直敲了十下，杨阳才把他办公室的门打开——他的脸上带着几道红印，不用说，他刚才在睡觉呢！

沈小荒只觉得一股火气直冲到脑门了，用手指着他的鼻子说："好哇，你又犯了关门睡觉的老毛病……"

杨阳快要哭出来了，央求着解释道："我……我身上一点劲都没有……老，老想躺下睡……"

沈小荒一摔门走了。

七

松球儿在脚下滚，像个小老鼠一样。小荒故意地用脚踢它，看着它在地上滚。它滚得不耐烦了，小荒就拾起装到口袋里。这些松球儿都堆在一个地方，积多了，他和长乐回家时就顺便捎给胡头……小荒的爸爸要把小荒从海滩上叫回家来穿树叶——用一根铁条穿落下的树叶，家里没东西烧饭了，这么大的孩子哪能成天玩！长乐才不愿意小荒走开呢，对他爸说："死心眼！我是看泊的，我说了算，你今夜就去滩上扛回截松树——烧完了再去扛！"……就这样小荒一直跟在长乐的身后了。

小荒送松球的时候，总要在胡头家里耽搁好长时间。他慢慢觉得胡头和长乐一样有意思，胡头的小院不大，可是像小海滩一样变幻莫测，千奇百怪。胡头并不怎么和他说话，可一开口就古里古怪。胡头平常就蹲在院里，在一个角落里捣鼓着什么。因为他老要这样捣鼓，小荒弄不明白也不以为怪了。

有一次小荒去的时候正赶上胡头吃饭。胡头拦住他说："我今天改善生活！"又指指屋里说："饭一会儿就好。该着你有福，饭又备得多。跟我改善生活吧……

嘿嘿嘿，小东西——"说着用手在小荒的脖子上推了一下。小荒想：长乐用手撸，胡头用手推，他们人不同，使的也是两股劲儿呀……

胡头说完仍旧蹲在那儿捣鼓他的东西……小荒问："你成天也不出工行吗？""不出，天天出；天天出，不出……"他像说谜语，说过之后，伸手往院子南墙下一指。小荒看到了一大堆马粪。他这才知道胡头是专职为队上拾马粪的人。这真是个自在差事！

又玩了一会儿，胡头拍拍手掌，伸出手腕看看时间，连连说："到点了，开饭开饭。"他风风火火地跑到屋里，钻到了后灶间里。小荒也好奇地跟了进去，一看，灶上的铁锅没有盖上，锅里只有半锅浑水在滚动！胡头正两手攥住了灶下胳膊粗的一个黑东西，从炭火中往外拉，因为太热，他把那东西的头上一段包上了一块湿布……慢慢拉出来了，接着一股特别的香味儿扑鼻而来——原来是一根特别大的山芋！小荒高兴地喊起来，

天朗气清 / 2013年 / 130 cm × 120 cm

心事 / 2017年 / 130 cm × 120 cm

胡头摆摆手说："别喊，别喊，咱吃烧山芋……"

他们两个也没有吃完这根山芋。胡头没有种山芋，他从哪儿弄来的？小荒问他，他恶狠狠地白了一眼说："你只管吃就是!"山芋熟到了火候，绵软香甜，小荒吃饱了，可还要扳下一截放到嘴里。胡头吃山芋的样子要多怪有多怪：扳下一大截，然后取过一个竹刀上上下下划一道缝，摊开，用两手捧起来吃了，就像吃一碗米饭。他吃过一截，就舒服得"啊啊、哈哈、嗬嗬……"地叫一阵。他喘息着对小荒说，他已经好多天没有吃这么饱了……

小荒走的时候提出把剩下的一截捎给长乐尝一尝，胡头就火了。他像看一个叛徒那样看了小荒一会儿，说："啊呀! 长乐用什么法儿把你给迷住了？他是你亲戚吗？"

小荒想起了长乐在老窝里跟他说的话，就说："他是我的朋友!"

胡头不吱声了。他的发红的眼皮翻动着，盯着自己的手指，又沿着地把手掌翻过来，他似乎无话可说了，但却把剩下的一截儿山芋包起来，放到一边去了。他说："我们俩就不算朋友吗？我们俩合吃一根山芋。"

小荒不想跟这个自私的人多说下去，就离开了他的小院。

第二天，小荒往海滩上走的时候，路过胡头的门口，听到里面传出了非常好听的声音。他不由得站住了。那真是奇怪的、谁也没有听过的声音。这是一种乐声，很细微、很奇特的乐声……小荒就被这声音吸引着迈出一步，跨进他昨夜还厌恶过的小院去。

胡头坐在厢房的门槛上，使劲低着头，用两腿夹着一个小东西，右手飞快地来回拉动，像拉钻子一样。小荒凑到眼前去，胡头就像没有看见，还只是拉、拉，让腿间的小东西发出吱扭吱扭、唷哟唷哟的声音。哎呀，这是一个像小胡琴一样的东西！小荒说："胡琴……"

胡头慢慢停了活动，收起那个东西来说："你找长乐去吧！"

小荒不愿离开，求他再拉一会儿。因为小荒从来没见过这么小的胡琴——需要夹在腿缝里拉！拿到手里玩玩看看多好啊，小胡琴！

胡头转身回了厢房，出来时手里又捏住了一根小绿笛子。他重新坐在门槛上，头使劲低着吹起来。一种细嫩的、尖溜溜的声音飞出来，拐着弯儿在小荒的头上旋转。小荒嘻嘻笑着，退开两步，拍着手掌。

胡头正吹在兴头上又停止了。他把小绿笛子别在耳朵上方，说："你找长乐去吧！"

小荒笑着盯着他的小绿笛子。

他又回到厢房里，这次他拿出了一面小红鼓，有拳头那么大，一边往前走一边敲打，震得人心上发痒。小红鼓可以敲出唱大戏时的那种声音，还可以敲出鸡捣米的响动。他把小红鼓放在头顶上敲，鼻尖上敲，膝盖上敲，屁股上敲……有一次还放在肚脐那儿敲。小荒笑得站不住了，最后倒在胡头的身上。胡头索性就把红鼓抛了，把小荒举起来，大叫："像我儿子一样——"

胡头扛着小荒在院里走，走累了就放下他来。胡头大口地喘息了一会儿说："我儿子就像你这般大。他让老婆领走三年了。大双眼，像我一样。小鼻子，像你一样。好东西我都给他吃了……"

"老婆怎么走的？听说嫌你'魔怔'……"小荒说。

胡头气得直喘粗气，鼻子里发出"吭吭"的声音。他说："她是穷走的。怨我？穷年头，谁不穷！她受不了这份苦……见了我摆弄那些小东西就和我吵，有一回还砸了我一面锣！"

"你还有'锣'？"

"我什么都齐全。我没有缺的东西。"

"你缺'老婆'。"

"也不缺——丈母娘的仓库里放着哩。"

胡头畅快地大笑起来。他笑了一会儿，扯着小荒的手就进了厢房。胡头把手一扬说："看看吧！不过不准用手摸……"

小荒见墙上挂着无数的小乐器，也果真有一面锣，不过那是一个圆圆的铁桶底儿拴了绳儿做成的；再看其他的小乐器：小胡琴，筒儿是用向日葵秆儿做成的；小绿笛，是用蓖麻秆儿做成的；小喇叭，是用小葫芦嵌了木管做成的……还有木梆、木鼓、手拨琴、三弦……在这些乐器的下面，放了一堆子工具：扳子、锤子、长刀、锥子、锯子……一把大木钻，钻杆儿有拇指粗，是全家里最大的一件器具。大半所有乐器都是这些工具做成的。

胡头说："等有工夫了，我一样一样弄给你听。别看它们挂在墙上老老实实的，我一弄，它们什么动静都有。这些乐器也够办一个戏班的了，只不过没有人手……"

"长乐不算一个吗？"

"长乐？这个人讲起来倒不坏。不过我一见了他就烦……以后少提长乐吧。"

胡头又抽出了那个奇小的小烟锅，放进嘴里吱吱地吸着了。他的大手插进满脸的胡子里，不时发出"哼哼"的声音。他在咬着烟锅笑。

小荒问："你笑什么？"

他不作答，反而转问："在我家里玩有意思吧？"见对方没有作声，他凑上跟前比划着说："你天天跟上长乐满天跑有什么意思。我老婆跑了，活该她没有福。她跑了，这个院子就是我自己的了。你要来了，这个院子就是我们两个人的了……"说着他打住了话头，低头看看脚趾，说："狠心的长乐，砸伤了我的脚！要不是这样，也可以叫上他，小院就是咱三个人的了。长乐这个光棍汉力气大啊，你不知道，光棍汉的力气都大，性子也躁。惹翻了会把我这个小院给整塌，我还是不能招惹这个人。那截山芋我给他留着了，你明天捎给他，就说：'胡头也没忘你'……"

小荒说："就是啊，人家把你的脚趾砸伤了，可也给你撒上了药面啊！"

胡头不作声了，看样子正在沉思。不过刚过了一会儿他又在笑了。他说：

"小荒啊，玩疲累了的时候，我领你去看'女特务'去……"

小荒立刻有些不好意思起来。他的脸红起来像苹果一样。"胡头……"他低声叫着，一双特别黑亮的眼睛望着胡头，放出了兴奋的、新奇热烈的光。

八

"我也不愿关门。开着门也亮堂，开着门，如果有我的电话，别人一喊我就能听见。我真不愿关门。关起门来，屋里就我一个人，又闷又孤单。我一个人翻资料、翻卡片，一会儿就睡着了。眼皮真沉，老往下来，恨不能把它用东西支起来！眼皮一垂下来我就睡着了，什么也不知道。醒来我还是困，用凉水洗眼，洗脑瓜，都不行。喝浓茶，也不管事。我知道常常睡着，怕别人见了影响不好，心想还是关上门吧。我犯这个关门的错误，也不是一次了。领导处分我，我也没有多少话说。我只恨自己染上了爱睡觉的毛病……"

"完了吗？"姜虹琦问。

"'我以为是眼睛有病，上个星期去了医院。我怕机关门诊部看不准，我去了医院。眼科大夫看了看说，是沙眼。不过很轻。这根本不会影响到关门……年轻人觉多。我想大概是这个……'"

沈小荒读完了。

姜主任叹了一口气，身子离开桌沿，用力一仰靠到了椅背上说："你们几个支部委员都在这儿，刚才也听见了。这就是杨阳的检查！他大概想练着写小说吧……咄咄怪事！"

团支部委员们传看着杨阳交来的检查，小声地笑着……姜主任的工作方法用四个字可以概括：大家讨论。前一段清查机关黄色图片、舞会、下流歌曲及赌博……首先她就想到了杨阳。她让小关去杨阳宿舍玩，一边注意一下；同时她通知杨阳将有关的东西交上来看看。结果小关没有带回杨阳的什么回来，倒报告了本机关另一个青年的消息：他常常唱什么"记住我的情记住我的爱，记住有人时刻把你等待，路边的野花你不要采哎……"唱这样的歌！姜主任立刻把那个青年领到团的一个小组会上，说："你也唱得出口啊，你唱给大家听听……"那个青年眼珠转了转说："我喜欢人家的曲儿……"姜主任对大家说："听听！"青年接上说："可我不喜欢他们的词儿，没劲！我把它批判了，换了！我是这样唱的：'记住我的情记住我的爱，记住这世界上还有反动派！要提高警惕，钢枪不离怀。战斗的鲜花永远开不败。嘿，开呀么开不败……"他唱着，大家都笑了，连连说好！姜主任也搔着前额笑了。她一边笑一边说："不过也要注意哟……"那个青年刚走，杨阳就捧着一堆图片、速写本进来了。

大家争抢着看起来。姜主任一翻就翻到了一页裸男和裸女素描，拍打着说："你年轻轻倒挺懂啊……"杨阳腼腆地说："刚学不几年，画不好……""再学几年就差不多进去了！"姜主任丢下一句，继续翻下去。周围几个人都笑了。大家都明白"进去了"指的是进公安局。杨阳这才明白有些不妙，脸立刻涨红起来，额上也有了汗珠。他咕哝了一串谁也不懂的名词，什么"变形""瞬间印象""达维德""马奈""……写实绘画体系"……姜主任摆摆手让他走开。她将选出的几份推到大家面前。大家看了看，见最上面的一张裸女画，乳房只用两个圆圈表现，知道杨阳的事情这回算糟透了……

姜主任十分镇静地说：

"大家讨论吧！"……

这次的检查也要大家讨论。怎么讨论呢？沈小荒知道无论怎么讨论，对于姜主任来说都是绝对有好处的。以前的几次讨论都在上报的青年工作总结上、在机关一年工作汇报等等材料上得到了反映。姜主任是所有市直机关中最有名的抓青年政治思想工作的干部……现在姜主任相对寂寞一些，因为形势的发展，已经使那两个代替乳房的圆圈变得无足轻重了。于是她也就亲自过问额头上的油彩，现在又过问关门了。沈小荒在考虑自己怎么发言——他这时候突然发现自己将这件事汇报给主任，对于杨阳来说是多么大的损失！这个发现像一道闪电一样在脑际划过，他不安地活动了一下身体……一阵自责在折磨他了。他就是为了显示自己吗？就是为了一点可卑的私利吗？他自己责问着，很快也就否定了。他当时确实让杨阳气得不轻。他踌躇了一会儿，终于第一个发言说：

"我看杨阳的检查是认真的……比较认真的。也许，他自己也搞不清楚这是怎么了，他很为难，他责备自己……检查中的用语是朴实的……"

大家都不作声。

姜主任刚要发言，可外面有人喊她接电话。她走开大家就随便议论起来了。奇怪的是并不怎么议论杨阳，而是议论省艺术馆刚来的那个教舞的女同志，议论《打虎上山》这支曲子适合跳什么舞，议论昨天晚上的电视节目。关于教舞的女同志，所有人都称赞：男子般的发式，小燕子般的身姿，多大方——教你跳舞时，扳你的腰，让你旋旋旋，倒好像她是个男的了……姜主任接完电话回来了，但告诉大家继续议论，她要到另一个会上去；明天全机关查体。

姜主任刚刚走开，沈小荒就站起来，大着声音宣布："散会！"……也许他的声音太冲，带出了怒气，使大家都奇怪地看了他一眼……

晚上，沈小荒吃过饭，就去找杨阳了。

杨阳正吃他的方便面，见了沈小荒，似乎很高兴。他把屁股下的箱子让给客人，自己把箱前的画架子拖了拖，蹲到一边边吃边看去了……画上有一条河。河水正从一个小城脚下流过。有一棵红叶儿树。那必定是个秋天了。

沈小荒问："老家的风景吗？"

"老家的。我们家就在镇上……我爸爸去地里干活回来，我最先在这棵树底下迎接他。我把刚画的画给他看……有时候他说不像……"

"你爸爸不是在小码头做搬运工吗？"

"那是后来……"

"那么说你也算个农民的孩子了。"

"我从来就以为自己是个农村孩子。"

沈小荒没有作声。

"也许……我常常想——也许就因为这个,我才干不好工作。我大概不适应城市生活吧……"杨阳喝完了最后一口面汤。番茄味噌的红末留在了他的嘴角上。

沈小荒看着他,不知说什么好。停了会儿他盯着那幅画说:"和你一样,我也是个农村孩子……我们家乡也有这么一条河。它比你的这条好像宽一点,叫芦青河。它穿过小平原流进渤海湾里去了。我的童年就是在河边上度过的,那时候我是个强壮的孩子,比现在强壮。那里空气新鲜,水好,人也就强壮吧。现在我常常感冒,吃药打针。年纪轻轻就开始注意穿多少衣服啊、冷啊热啊……你看看吧,就是这样子……"

沈小荒说到这儿突然就打住了。他发觉自己在说一些毫无意义的话。不过又该说些什么呢?就是这样嘛,这幅画就是让我想起家乡,想起童年的河嘛。他叹了一口气。

杨阳又看了一会儿他的这幅画,就把它背过去了。

说些什么呢？沈小荒看着背过去的画，再也没有话了。好像童年一下子也像这张画一样地背过去了。离开童年，他们之间没有什么好说的了。对方是个喜欢关门的人，而自己就偏要让他打开。他就一再地关起来。这真是个执拗的人。这种人现在越来越少了。沈小荒还有什么好说的呢。他这样待了一会儿，也就走了。他走出几步，隔一段距离看杨阳门上的画，还是不甚了了。

　　蓉真很不高兴地等他归来。她说你真是好样的，跟个木头人、怪人待那么长时间。沈小荒笑笑。谁是木头人还要等等看。木头人是被搬动的，而血肉之躯自己会动。这二者差别有多大。你跳舞，在《打虎上山》的音乐里动得多有趣、多惬意、多灵活，可到底也是被搬动的。你的两条腿是被世俗的力量搬动的。他笑着，脱下外套，去开录音机。"小河边，水涟涟，流淌着我绿色的梦幻。小河边，金沙滩，可否记得我赤脚童年……"

　　沈小荒听着歌，闭上眼睛仰在了沙发里。"小小少年，很少烦恼，眼望四周阳光照……一年一年时间飞跑，小小少年在长高，随着年龄由小变大，他的烦恼增加了……"

蓉真靠在了沙发的边上，咕咕哝哝地："你这几天老皱眉头，情绪又下来了。跳舞跳出那个来的也不少呢。哼，你有一点不高兴……怎么了啊？"

他可知道"那个"指的什么。他微笑了。

蓉真愣愣地看着他。他用手动着爱人披在肩上的头发说："该让我们的杨阳给你画一张像……"

"他会画什么！"她撇撇嘴。

沈小荒生气了，站起来："你连他绘画的才华也要否定，这太不公平了。你无非是听别人议论过他，不喜欢他。可你又没有跟他交往过……这真可惜……"

蓉真嘲讽地说："有那个才华该成了大画家啊！"

"会成的！"

"成了瞌睡虫……"

沈小荒气得再不说话……他好长时间才叹了一口气说:"有人生活真难,有人生活又太容易……"

他说完就到橱子里寻一件干净衬衣了。他记起了明天查体的事。

九

小荒一想到她就脸红,而且同时感到了一点轻微的陶醉的幸福……"女特务"就是前年从城里回到老家来的姑娘,她叫田萌。她的爸爸是被遣返回来的,她和爸爸一块儿回来了。爸爸据说是个"特务",在乡村里常常挨批斗,是个非常有用处的人。但不巧回来的第二年就死了。田萌要返城,可不知为什么没有返成,就在她爸爸住的小泥屋里住下来了,当了"女特务"……她说普通话,皮肤那么细嫩,一双眼睛美丽极了,多少带点新疆姑娘的味道。她的漂亮也是太出格了,整个乡村都因为她而产生了轻微的摇撼。男人们回家就惊讶地咂嘴，女人们就扬着脖儿，不以为然地喊一句："有什么怪的？'特务'都这样儿……"

她住在小泥屋里，屋子的后面，靠屋檐的地方有一个小小的通气小窗。有一天小荒他们一群半大孩子在村头玩儿，一个男人小声对他们说："夜间'女特务'家放电影，从小后窗儿能看见……可不要让别人知道，人多了就看不成了……"

几个孩子信以为真，晚上就悄悄地到了小泥屋的后面。窗子太高，看不到，他们就接了人梯子——小荒在上面。他探头一看，差点儿喊出来：哪里是放电影，"女特务"在看书呢，天热，躺在那儿，只穿了很少的衣服……小荒的心怦怦地跳着，屏住了呼吸看着。他在心里说着："'女特务'啊，你还不睡吗……"这时候不巧下面的人没有站稳，他也就给摔下来了。小窗户立刻变黑了。黑影里大家问小荒："什么电影？"小荒摇摇头:"没有,什么也没有……"

胡头又要领他去看"女特务"了,他立刻想到了那一次。他多想再去看"女特务"啊,和她说一句话多好!……虽然这样想着,他还是摇了摇头。

胡头骂一句:"傻瓜蛋!"

小荒走了。他又找长乐去了。

可是这一天他和长乐在一起,觉得一点意思也没有。他故意像过去那样在沙滩上奔跑,大声呼喊,学老鹰那样伸开两臂;蛇惊慌地穿行在稀稀落落的草窠间,他就紧紧尾随它跑上老远老远,直到长乐喊他回来,他才停住步子……他还是不高兴。这全是因为该死的胡头提起了"女特务"啊!

长乐领着他到芦青河边上去收夹子……河堤年久未修,加上海滩上这一段本来就不像个河堤的样子,如今只是一块漫坡高地了。上面的槐树很粗大茂盛,大概是根须扎到河底了吧。树根下的白沙土上,印着兔蹄的地方，就支了长乐的夹子。长乐说："兔子这东西怪，从哪儿跑惯了，老从哪儿跑，这叫'兔道'，夹子就得支在'兔道'上……"他们查了几个"兔道"上的夹子，发现有一个夹子果然收获了一只肥兔子。两个人都很高兴。河水不太盛，但河道中心的水流儿还是很急。靠岸的地方水湾平静无声，水浅，从水里挺出几支芦苇来。水上有时冒出几个圆泡儿，很白很亮。长乐走到一处停下来，端量着蹲下了。他慢慢把手伸到一个苇窠根上，解下了一根像苇叶那样颜色的绿绳子，然后就一节一节地往外拖……

拖出了一面小网，网中有三条一尺左右长的鱼在蹦。啊哈，小荒又惊又喜地帮着拽绳子，两人很快逮着了鱼。

小荒说："我怎么不知道你就下了网啊？"

长乐眯着眼笑："我什么办法没有？高兴了我就使个办法……哼哼，你不在海滩的时候我就玩新花样；你再不回来，连这个新花样你也看不见了……"

小荒说："胡头留给你一截山芋……"

"他的山芋和松球一样，都是偷的。我不吃他的东西。胡头有毒，他的东西不能吃。你吃了吗？"

小荒惊惧地点点头。

"以后别吃了，一次毒不坏你……哈哈……"

小荒这才明白长乐是吓唬他……他们在老窝里做熟了兔肉和鱼，把一股浓烈的香味搞得到处都是。长乐从老窝最黑暗的一个角落里摸出了一小瓶酒，自己饮了一口，又递给小荒。小荒只闻了闻，就还给了他。长乐根本就不是个善饮的人，只喝了两口，就满面通红，仰卧地上了。他用手抓起小荒的手，嘻嘻笑着问："你知道你为什么叫'小荒'吗？"

小荒摇头说不知道。长乐说："你是海滩荒地里生的，才叫这个名。"

"我是在家里生的！"

"我不是说出生。我是指你在这块儿'有的'……那时你爸你妈成天在海滩上栽树造林。中午就在荒滩上吃，困了就趴在茅草上睡一觉……"长乐认真地说。

"去你的吧！"小荒捏了一下他的腿弯。

"不信算了。其实天底下谁的名都多少有点讲究，不过人家不跟你说罢了。像我，从过去到现在，哪时候都是乐呵呵的，真是长期欢乐！'胡头'，他的名多准！'斜眼老二'，眼就斜，排行老二；还有村南头的'后三道'——他的后脑上有竖着的三道纹，剃了头你就看见了……不信？"

长乐说的倒也有根有据，小荒真的有些信了。

长乐舒服地在地上伸展着懒腰，两只拳头朝空中用力举着，"啊呀啊呀"地叫着。他乜斜着小荒，问："好久没见着她了！好久了……'女特务'……"

小荒屏住了呼吸听着。他想，事情也真是奇怪，胡头也提到了"女特务"。也许是天生的这么个奇怪的季节，让他们同时记起了"女特务"……

"我一天到晚地忙在这个鬼地方，什么都耽误了。娶媳妇耽误了，孩子也耽误了，看'女特务'也耽误了。你说人这东西也是怪物了，多么丑的都有，多么俊的都有！人家'女特务'长那么俊气，俊得让人不敢多看！她是从老远的城里来的，我琢磨，兴许那种鬼地方这号人也多……"他说得十分认真，一边说一边感叹，"哎，咱这辈子是没有福气娶这么好的媳妇了，也不知她到最后是留给谁的。俊人偏偏落到这个地步，可怜人的。我就不信这么好的大姑娘当了'特务'……"

长乐说着声音粗起来，气哼哼地一翻身坐起来了。

这天接下去玩得都不痛快。小荒真想马上去找胡头。他想：胡头还会提出领我去看"女特务"吗？

下午小荒就去找胡头了。一进他的小院，见他刚刚从外面推进一小车马粪来，正往墙根的大堆上倒。他一见小荒，高兴得喊起来，好像分别了一年似的。小荒说："你把粪送到队上多好？放这儿还发邪味！"胡头白他一眼："革命群众哪有嫌这个脏的！""你总得把它交给集体啊，你是队上的拾粪员。"胡头听了微微笑着，用一柄铁锹拍打着粪堆，拍打得光光的。他说："你不晓事的！斜眼老二不让我交，他说你要沉住气。再有三个月就是村里夺权一周年了，到时候再交上去，是给革命夺权献礼……"

小荒要去解手，胡头让他就解到粪堆上好了。胡头说："你能解多么远？那么远？不中用！我像你这么大的时候，能解到那么远，解到那块石头那块儿……"

小荒于是知道了这个胡头真能吹牛。

但他不愿惹对方不高兴。他想让胡头像原来那么高兴，领他看"女特务"去。可是胡头偏偏不提那个事了，只是放下铁锹，擦擦汗，坐到厢房的门槛上了。他坐着吸烟，吸足了，取过一个木块，用木钻在上面拧。小荒问他做什么？他说："再做件乐器，多一件是一件。"他拧着，木花儿沿着钻杆爬出来……小荒真看不出这块木头能成个什么乐器！

胡头忙了一会儿，终于放下木块歇息了。他笑眯眯地看着小荒。

小荒说："不去看'女特务'了吗？"

胡头说："怎么能不看！"

"那现在去吧？"

胡头摇摇头。

"怎么？"

"你敢跟'女特务'来往？让斜眼老二看见了，嚓！"胡头伸出黑乎乎的肉手，做了个砍头状。

小荒泄气了。

胡头又笑着吸一口烟，擦擦嘴角的口水说："不过办法还是有的。今天备下纸笔，画个'护身符'带在身上，就不碍事了！"

"你会画那个符吗？"

"会。今夜画好，明天一早带上去就是。"

十

全体工作人员都要轮流去查体，地点就在离机关大楼不远的市直门诊部里。主要项目就是照 X 光、听诊、验血。姜主任说她工作忙，也就不去了，让沈小荒告诉青年们轮拨儿去。她这话是在走廊里说的，正好被杨阳听见了。杨阳说那我也不去了。沈小荒没有答应。他想你个傻小子哪找这个方便去！你和姜主任一样吗？她要进行比这个复杂十倍的体检也方便得很。最后杨阳还是被叫上走了。

化验结果是第二天才知道的。门诊部打电话来，让杨阳去一趟。杨阳立刻紧张起来。他走了，十几分钟后回来了，说："没事儿，肝功能不太正常，脾有些大。医生说没事儿。让我休息几天，再到总院去查查看。"姜主任听了说："现在肝功能不正常的很多，我前几年也这样。不过也不要大意。机关工作的人一般都脾虚……好了，跟你们室领导打个招呼，休息吧！"

杨阳到他的办公室收拾了一下东西，准备带到宿舍去。他在楼梯口那儿见到了小关，小关笑着端量他，点着头。杨阳不高兴地斜了他一眼，就要绕过他。他说："你杨阳真有福气，弄不好你到总院能闹个'长休'。这下子尽情地画吧，真是什么人什么命……"

沈小荒听到消息时杨阳已经回宿舍去了。他跟科长打了招呼，就到杨阳宿舍看他去了。

门照例是关得紧紧的。上面的画只在沈小荒的面前一闪，突然就让他明白了那么一点点！他赶紧抬头仔细看去：一个女人，手里拿一块东西，好像是一个桃子？往嘴里送。她的身边有一个小猫。别的什么也没有了。原来很简单嘛。很简单的东西到现在才让人搞明白，真不简单！他一下子兴奋起来，兴奋地用手去敲门。

"谁？！"杨阳的声音，很不耐烦的样子。

"我，沈小荒。"

接着是拖拖拉拉的走路声；门打开来，杨阳只穿一个小裤头，原来他进门就躺下了。小裤头是浅蓝的，镶了黄布边，真好看。他第一次看到杨阳的腿，原来这么白。这还是一双童年的腿，虽然瘦，可紧绷绷的，富有弹性。膝盖那围遭儿皱着几道圆纹，他很想去抚摸一下……沈小荒说："快上床躺着吧。我不放心，不知道是什么病，来看看你。"

杨阳钻到被窝里。他仰脸看着天花板，答非所问地说："我老想画画儿……"

"你先查病吧，那是以后的事。"

"真想画……"

沈小荒摇了摇暖瓶，见水不多了，又不太热，就倒掉了。一边是一个"热得快"，他给他动手烧开水了。当他随手翻一份杂志时，从里面掉出了几张素描。用笔还很稚嫩，仔细一瞧，上面有"小毛"两个字。

"'小毛'是谁？"

杨阳一转脸看见了素描，脸立刻红了。他红着脸解释："我们业余时间学画画认识的。她就是门诊部打针那个'小毛'。她让我看看她的画……今儿上午，不，昨天抽血样的就是她……"

沈小荒这才明白他为什么不愿去体检。那个姑娘以前见过，很漂亮，只是矮一点，头发很长。他笑了。杨阳说："你不要想别的，我们只做了两星期的画友，什么事情也没有。我不愿让她看见我脱衣服……有一回我病了，去打针，进门见是她在那儿，我就跑回来了……那一次我发烧三十八度多。我只吃了点药片……"

沈小荒听着，不知怎么十分激动。很明显，一种圣洁的情感正在杨阳的心里萌生着……他看着他的脸，发现那睫毛很长很黑，正眨动着，像在拨开围上眼睛的灰尘。"真是一个孩子……"

他又叮嘱了一些话，让他注意休息，明天到总院等等，就尽快地离开了……往回走的路上，他突然记起一个报表的事，需要到另一个机关里去一趟。这正好路过爱人的机关门口。蓉真负责接待人民来访，他进去时正好她在跟一个农民模样的人谈话，于是就坐在一边等一会儿……他们的声音突然大起来，他也注意地听了，原来那个人说了句"当官的不给民做主，不如回家卖红薯"，把蓉真惹得不高兴了。她的眉头拧到一起，用一根手指点在桌子上说：

"我告诉你，你看戏学点花花词儿，别随场乱用！你知道什么意思吗？我告诉你，这里面有'质'的不同，你这么说不行！你不是想解决问题吗？你再说那个我跟你没话谈！"

老农民好像自己也不明白对方为什么被他惹起来了，慌乱起来，连连哈腰，说："乡长！乡长！都怪俺没有文化，是个流氓（文盲）。乡长息怒火吧……"

开始沈小荒听到"乡长"二字愣了一下，后来才明白那是对蓉真的尊称：农民平常以为"乡长"是最大的官了……他听到这里，见一时完不了，就离开了。蓉真追出来问他有事吗？他摇摇头，走了。

搞完报表，他往回走了。路过门诊部时，他不由得跨了进去……注射室里正好有"小毛"，她用棉球擦过一个病人的臀部，然后熟练地把针头扎了进去。"小毛"摘下口罩，露出一张十分漂亮的脸来。沈小荒走过去问："你知道吗？小杨病了，机关里让他休息。""小毛"点点头。"你们是画友，平常要劝他多休息。你不去看看他吗？"

"小毛"摇摇头："今天不去了。你把这点东西捎给他好吗？"

她提一个十分漂亮的粉红色塑料兜，里面装了一盒李子罐头、一瓶麦乳精，还有两盒含化维C片。她用两根白白的小手指挑着塑料袋，添一句："需要打针的时候，我给他打好了……"

沈小荒谢谢她，走了。他想起自己初恋时候的一些
场景。心里很温暖。

这天晚上又是周末了。礼堂里又是一场舞会。爱人
的兴趣比上次还要浓，甚至还有些激动。她主张晚饭吃
些简单的东西，余下时间散散步去，然后再去舞会。到
了舞会上，时间不是正好、正合适吗？散过步，沿着白
杨树下走过之后再进舞场，那是春天的年轻人该做的事
情呢。快到四月了，白杨胡儿都生出一截来了，你看了
能无动于衷吗？

谁无动于衷？我曾经把手按到光滑的杨树干上，去
感受它在春天里的激动和愉悦。我像它一样激动，一样
愉悦，我沿着杨树往前走。白杨胡儿刚爆出指顶那么
大，有一股香味儿。我立刻想起小时候，把白杨胡儿塞
进鼻孔里，做胡子。胡子就这么两根，可是这么粗。胡
子搭在嘴唇上，我们就用嘴巴吹它，老是让它颤悠悠

共欢 / 2017年 / 217cm × 202cm

非常日子 / 2017年 / 130cm×110cm

的。在我眼里，春天是什么？首先就是茸茸的白杨胡儿。童年，白杨胡儿，我能无动于衷吗？就算我是个不易动感情的人吧，就算我不懂"当官不给民做主，不如回家卖红薯"在今天有什么质的不同吧，就算我不懂，我也不能对那些无动于衷啊。我喜欢散步，也喜欢跳舞，可是今天晚上我要一个人到办公室去。我想一个人躲在机关大楼上冷静一会儿。就是这么回事。这其实很简单。很简单弄不明白？对，也有这种情况，比如说杨阳门上的画吧。我们以后就专门研究些很简单的事情，这样多好。"质的不同"，这未免太复杂：质是什么？咱们的学问还不到那个地步。还不如研究《打虎上山》这支曲子的妙处怎么用在跳舞上……

你不去跳舞，乐队的琴就拉不好，就和弓子上缺了松香一样。你不去散步，白杨胡儿就晚生半月。不去好了，爱怎样就怎样好了。可是你不该嘲笑我工作中说的话。你知道在家庭里该说点什么。你嘲笑我这个，哎

眸

呀，你让人多么生气。你让人多么伤心。你最近是越来越傲慢了，我也弄不通是为什么。这样还有什么幸福。你的目光不是从前的了，你的目光里有一股冷气。你看见什么才能高兴起来，我倒想知道。

我看见杨阳门上的画就高兴起来。把贴画这扇门打开，走进去我又不高兴了。如果杨阳高兴我就高兴了，杨阳应该高兴。他不高兴就有不高兴的道理，有道理我为什么要高兴？你不见春天来了，杨阳却要躺在床上了。我们有家他没有家。没有家的人永远不会真正高兴。你没端量过杨阳的眼神，又孤独又阴郁，看着你，根本就不信任你。让一个纯洁的人不信任你要难也不难，他只要一次看出破绽就不信任你了。他的不信任当然是有道理，比如我这个人就不值得他去信任。我现在不高兴，不是因为别人不信任，而是为了解开他们不信任的道理。

原来你就是因为杨阳才不高兴。这也情有可原。不

94

过真正的爱情总能使你高兴，你还爱我，你就高兴。

我爱你我才不高兴。我爱你就希望你更完美。别人嫉妒你有时我反而更高兴。我想爱全部的你。你想让我爱部分的你并超过爱一个全部的你。这其实是一种很小气的情怀和很狭窄的心胸。另外我必须说明，我也不仅仅是因为杨阳才不高兴。我是为你，为我，为杨树胡儿，为春天，为杨阳，为舞会上那两个坏了的彩灯，为……这些才不高兴……

蓉真约不动沈小荒跳舞，自己也感到没劲儿。她也不想吃饭，只把切好的红肠推到爱人面前。她坐在那儿想了一会儿，最后还是自己去舞会上了。她走得很慢。

她走了，沈小荒又有些后悔。后悔又不想追上去。他想等屏风后面的彪形大汉奔出来献花时，只有她一个人，她是多难为情啊。他默默地穿好西装，结上一条紫红色的领带，出门去了。他是向机关大楼走去的。

正像对爱人说的那样，他是要到大楼上冷静一会儿。他将在二楼那宽大的西凉台上久久地踱步……

十一

天还很早，小荒就来胡头的小院了。胡头躲在灶间里烧东西吃。小荒以为他还是烧的山芋呢，可胡头掏出来的是两个椭圆形的黑乎乎的东西。他咬着，发出了咔咔的声音，看来很脆。问他是什么东西，他不回答……他总能在出门拾粪的时候搞回些奇怪的东西吃，比如胡萝卜、黄瓜、地蛋、山药豆、莴苣、地瓜……有一次他搞回来一包萝卜，竟然烧着煮着吃了好几天。他的食性很杂。他的身体很结实。小荒见他吃完了，就问："那个护身符画好了吗？"

胡头抹抹嘴，从里间屋捏过一张纸来。

小荒见上面歪歪扭扭写着几个大字："打倒一切牛鬼蛇神，打倒女特务！"

胡头得意地咂咂嘴："离了这东西不行！带着它，贴到泥屋院墙上，别人就知道我们是去'专政'的。你可别小看了这几行字啊。"

小荒老想笑。他跟上胡头，带着那张纸和一点变了味的米汤，出门去了。

"女特务"的小泥屋在村子的西边，孤零零的。当年父女两人要求把屋子盖在村中的一块空场上，被村领导拒绝了。盖到村边上，就与全村人划清了界限。以后这种界限是必须愈来愈加分明的：村里的十年规划上，就打算逐步将村里的一些地富及地富出身的家庭迁到泥屋这块儿。在泥屋与村子之间原来就有个小臭水沟，规划上准备把这条沟扩大成一个又深又宽的大沟。但这只是规划。目前的小泥屋还是孤零零的。

胡头把那张纸掏出来，要贴到院墙上去。小荒从墙上那些剥落的和没剥落的旧纸片上知道了胡头是经常来的。胡头"笃笃"地敲门，没有应声。小荒问："她在家吗？"胡头有把握地点点头："白天纺麻绺，晚上看大书。在家。她要穿上鞋出来，还要从门缝里看清是谁……"

住了一会儿，门果然开了。

"女特务"走路轻得没有声音。她很高兴地把两个人让进屋里，叫胡头"胡大叔"。胡头进门就问："纺绳那东西怎么样？好使吧？""女特务"连连说："好使好使，总是麻烦您胡大叔……"

小荒听她说话跟收音机上的声音差不多。他看她的眼睛，她正好在看他。小荒的脸红了。他觉得她像一个火炉似的，把个小泥屋烤得暖烘烘的。她的眼睛又黑又亮，小泥屋里就是因为有这双眼睛才变得明亮。她把手搭在小荒的肩膀上了，他低下了头……她跟胡头说了句什么，胡头就动手掀开炕席子。原来是有块土坯损坏了，需要换一块。胡头十分高兴地到院里去了。

胡头和好了泥巴，非常麻利地给她换好了土坯。他蹲在炕上，像一个黑熊似的，一对黑手就像熊掌。他需要什么工具时，就对小荒大声吆喝一句。他的一双手又可以做瓦刀和锤子，能砍削余出的坯边，能把坯的边角砸靠夯实。他总是笑容可掬地对着她说话，细声细气。她说句什么，他总是"嗯"地应一声，又轻微又透着坚决。他介绍小荒时说："这是我新交上的一个朋友。他什么都听我的。我的朋友就是你的朋友了……"

小荒对他这番介绍十分高兴。他从心里羡慕起胡头了。

从炕上蹦下来，胡头又坐到小纺车前，像个女人一样盘腿坐了，悠悠地转了两下……他说："多好的一个纺车！……"说着用手拍打两下。他看看小荒，有几分不安地捋了捋脸上的胡子。停了一会儿，他竟然从腰里摸出了一面漆得又红又亮的小鼓来。他笑微微地对她说："田萌啊，这个鼓归你了！"

田萌新奇地接到手里看着。她说："谢谢，谢谢您!"她说着就把小鼓放到抽屉里去了。

胡头又把小荒拉过来说:"田萌姑娘,有事情你就喊我这个朋友。他是我的朋友,可他也有他的另一些朋友。你有事尽管找他。一个人在乡下不易哩。我们几个朋友有东西吃,就不会饿着你。出门靠朋友……"

田萌的样子很激动,眼圈有些红。她扯着小荒的手,把他拉到自己的怀里。小荒立刻觉得自己变得柔软而且娇小了,温顺地伏在她的身上。她身上的气息使他哭了。他喃喃地说着什么。田萌说:"小弟弟……多好的一个小弟弟啊。以后你喜欢来的时候,你就来吧。我读书给你听,你也给我讲讲外面的故事。我不愿一个人住小泥屋。你胡大叔常来看我,帮我做活……"

胡头在一边站着,搓着手。他看了一会儿,就把小荒从田萌的怀中拖了出来。他说:"走吧,咱到院里看看眉豆去……"

眉豆架儿搭在窗下。有一根竹竿倒下了,胡头用力地把它插好。天暖洋洋的，眉豆架儿下有一股好闻的泥土味儿。他们抄着手待了一会儿，胡头又去什么地方端来一盆水，浇到了眉豆窠里……

一盆水还没有渗到地下去，院门就被什么人擂响了。

胡头看着震动的院门，没有动。小荒要进屋去，被胡头喊住了。他让小荒像他那样大背起手来。

"女特务"田萌开门去了……进来的是斜眼老二！

小荒惊讶地咕哝："斜眼……"被胡头瞪了一眼。他小声告诉："要叫'营长'……"

斜眼老二不高兴地四下里打量着。他盯住胡头看了一会儿，叫了一声："胡头啊！"

胡头弓着腰上前一步，答道："老二营长！胡头在啦！"

"你到这种地方干什么来啦？"

"我们专政来了……院墙那个，刚刚贴上……"

"唔!"

"营长，胡头的字笔不好，可是……"

斜眼老二再不理他，只是步子软软地往屋里走去。其余的人只得跟进去。

斜眼老二坐在了炕上，到衣兜里掏烟。胡头见了，赶忙递过烟包说："营长抽吧，地道的顶叶烟！"对方接了，吸了一口，立刻大咳起来。他就这样吸着咳着，一会儿憋得脸色赤红。他不得不把烟末磕了，可一张脸还像喝醉了酒似的。他拉着长腔问一句："胡头啊，老婆还没回来吗？"胡头摇摇头。斜眼老二嬉着脸儿说："还熬得住吗？"胡头点点头："还熬得住。"

斜眼老二听到回答后，高兴得仰脸大笑起来，一边笑一边用眼瞟田萌。笑了一会儿，他觉得不对劲，原来是刚换上的土坯被他坐住了，此刻被炕里的炭火蒸出热气来。他骂了一句，歪躺到田萌叠得四四方方的被子上。他露着一截儿腰带，又活动一下身子，让人看到了锃亮的手枪套儿。

胡头、田萌、小荒，都不眨眼地盯着那手枪套儿。

斜眼老二说："你胡头来专政，有真家伙吗？有武器吗？咱要专政，一枪就能把他们撂倒！"他说着看一眼一直低头不语的田萌，重复一遍说："一枪就能把他们撂倒……哼。"

斜眼老二接下去又问胡头积了多少粪，献礼够不够，问小荒是谁家的孩子，问田萌最近又有什么新的特务活动，问这一段谁来过泥屋等等。这样问下去，一边用力地拍打枪套，渐渐觉得懈怠了，才要离去。临走时他对胡头说："也要注意抓革命促生产，可不要光顾得来专政。你又没有真家伙……"

他走了。田萌的眼圈有些红。胡头拉着小荒的手，咂巴着嘴。他一转脸看到了田萌的样子，忙咬着牙关说："你放心，我和朋友早晚用烟锅把这个斜眼的头磕碎！"

田萌的眼里渗出了眼泪，但她紧紧咬着牙关，一声也没有吭。

胡头扯上小荒，默默地走出小院，一路不语地回到自己家了。他把院门关严，然后就倚到厢房的门上吸烟锅了。小荒也不吭声。胡头半天吐出一声："恐怕要出事喽——"

"谁要出事？"

"恐怕'女特务'要出事喽——我胡头一眼就看出了斜眼老二没安好心……他娘的！好端端的姑娘受欺负，我胡头还不如死了好……"胡头难受地晃着头，眯着眼睛。他摸索过门槛下面放着的一把凿子，抚弄着刃子说："把这条狗的头心上凿个眼子我才解恨……"

小荒眼前老是闪动着田萌那张红扑扑的、美丽的脸庞。他骂着斜眼老二，仇恨地咬着牙齿。他突然说了句："告诉长乐一声吧，他会有办法……"

胡头捏着烟锅站起来，拍打着自己的头说："'女特务'是咱俩的朋友，咱俩倒帮不了她的忙……罢罢罢！长乐是个正派人吗？"

"长乐是最正派的人……"

胡头迟疑地摇着头，没有最后下决心。停了会儿他说："这几天多听着些风声吧，要是斜眼老二还往泥屋里跑，我就去老窝找长乐合计去……罢罢罢，管他长乐正派不正派哩！"

十二

三天过去了。杨阳成天跑总院，还是没有最后的结果。他后来干脆也不怎么跑了，一个人关在小屋里，仰望着天花板。天花板被以前漏下的雨水染出一些乱七八糟的痕迹，他能把这些痕迹看出无数美妙而完整的绘画构图来。有的是一个老头手持拐杖的样子，有的则是一个老农民的侧身像。更多的是变形，有些竟然巧妙到无可挑剔的地步。神工鬼斧，自然天成，杨阳有时在床上兴奋起来……可总得去查到底啊，他一想到身上的病就叹气。

沈小荒来看他，狠狠地责备了他。团支书咬了咬牙，跟科长请了两天假，拉上杨阳到总院去了……这所医院是二百多年前修建的，解放后又补添了几处房子。这医院又大又破烂，走廊上、长椅上，从进入大门开始，到处都是痰迹。讲起来也没有办法，这座城市的污染之重，大概是全国第一号的，一路上呼吸着乌烟浊气，从街上走进来就正好该着吐痰。他们进来一时找不到痰盂，也吐了两口，不过是吐到了门后。人真多，到处是需要提防、值得怀疑的气味儿。天开始暖起来，阳光照在廊柱上，可以看见徐徐上升的细小的尘粒。一些人枕着鞋子躺在那儿，可能是等候什么。很多人在排队。顺着每一个队伍往前看，都有一个窗口在忙、在吵、在挣挤。窗子上写着各种的大红字：化验室、西药划价处、中药划价处、西药取药口、中药取药口、西药收费、中药收费、空腹抽血处、抽血处、急诊挂号处、挂号处、超声波室、A超室、B超室、心向量、心电图、X光室、引流室、包扎室、急救室……纵横排起的队伍让人恐惧。这里真是总院。这里真不愧是总院。沈小荒对于杨阳不愿来查体，似乎是明白了一点点。

首先是挂号。排了一个小时的队，心急火燎，可递进去的单子又原封不动地给抛出来了，一问才知道转诊单过了一天了。沈小荒让杨阳继续排着队，骑车去机关门诊部换转诊单，来回又是半个小时。好不容易挂上了号，已经是一百多号了，上午又不一定看得着。可是不能动，必须在候诊室里等……果然，差二十分钟下班的时候，叫到杨阳的号了……沈小荒在杨阳进去之后，一个人盘算了一下，正常情况下，杨阳的病接受一次检查，起码需要七天或者七天再加一个上午。这期间不知要多少次空腹、排队、往返机关宿舍，而杨阳每次都要找人借自行车——他有时为了不看人家的脸色，干脆就步行……沈小荒这时候算完全明白杨阳不爱查体的原因了。

正想着的时候杨阳回来了，拍拍手中的单子说："像上回一样，医生不给我开做B超声的单子。我这个病要确诊，最好做做B超声。可是医生不给开。医生说你年纪轻轻，做什么B超，B超只有一台，老干部还要挨号呢……"看来只有找个熟人了，沈小荒想起有个同学的爱人在这所医院上班，可一打听，她去外地学习已经一个月了……沈小荒说："不要急，慢慢想想，说不定就能想起一个关系来……"杨阳打断他的话说："不用想了。哪有关系？我们家所有亲戚都在那个镇上。我平常又老在机关上……"

从医院里回来，身上折腾得已经没有一点力气了……沈小荒到办公室找到姜主任，讲了医院的情况，然后说是不是帮他找找人去……姜主任笑笑说："哪里找去，就这么个现状。他又不够级别，又不能享受'保健'。已经放了他的假了，他有充裕时间去查自己的病，这已经很好了。我们刚进城那时候……"

沈小荒为了少听点"那时候"的事，就打断了她的话说："你自己有熟人吧？给他（她）打个电话……"

姜主任思索着，连连摇头："没有！没有！"

沈小荒失望了。

他继续陪杨阳查了一天。结果和门诊部差不多：脾大，肝功能不正常。多了一条：神经衰弱。医院建议先休半个月，吃点药观察一下再说。当然，很多科室都没能去，这些结论只需验血和听诊手试就可以得出来。结论等于没有。

沈小荒建议他一边治，一边再跑医院，一边留神找找熟人——暂时也只能这么办。为了减轻他的思想负担，沈小荒常陪他玩，并想办法把他领到朋友那儿，领到舞会等场所——有一次一个剧团来礼堂做答谢演出，市里有名的男高音任肖肖也要来，沈小荒就把杨阳拉到晚会上去了。

节目太一般，他们要不是盼任肖肖最后出来唱几首歌，早就走了。任肖肖一年前来演过一次，洒脱、大方，浑身透着一种男性的雄壮和力度。他的台风与其他演员也形成了鲜明的对比：稳健而又活泼，爽朗而又谦虚，毫不扭捏作态……可今晚这些节目，尽是插科打诨，没有什么真货色。好不容易盼来了任肖肖，人们又不认得了：头发卷成无数的弯儿，沿着那个曾经是很漂亮的额头旋上去，又在耳朵上方堆几朵花儿。后头披下来半尺左右长的头发，松松散散。上衣是小紫格子的，又带着无数的镀铬的铁环，下摆扎在一条杏红色的窄裤子里……他一出场就有人鼓掌。他唱了，慢唱快做，两只胳膊端在胸前绞着，使人眼花缭乱。那胳膊软得很，可有时又能像一片弹簧钢那样猛地往外一拨！这胳膊交叉的时候就护住了胸部，但这时两只手却是灵活的，十根手指飞快地晃、旋、翘、推、勾……最有功夫的还不是胳膊，而是那个不停扭动、一分钟也不曾停止过的臀部……有人不断地叫好，咂嘴。瞧了瞧，瞧见了小关。

沈小荒和杨阳终于看不下去，回宿舍去了。

两个人的情绪都不高……沈小荒故意引杨阳谈点别的。杨阳没有兴致，反问："他怎么这样跳？这样唱？……他不是农村的孩子，我敢说……"沈小荒摇摇头："中国的孩子差不多都是农村的孩子，只不过有人离开土地早，有人离开土地晚……"

杨阳不作声了。停了一会儿他问："早了好还是晚了好？"

"这就难说了。听人说过任肖肖，他过去在单位诉苦时说过：'俺爷爷被地主赶出来，冬天要饭，十个脚趾头冻掉了九个……'凭这个推断，他离开土地并不早。可是你就找不到一点淳朴的东西……你看，不能以早晚来划分什么……"

杨阳似乎明白一些了。他坐起来说："我想，最新的东西让最质朴的人接受了，才有更好的结果……把新东西给那些虚荣的人，只能造成混乱……"

沈小荒有些激动了。他望着杨阳那双大眼睛，连连说："对！对！你说得多好——我就想，最要紧的是质朴了，是纯洁了。最伟大辉煌的东西，从来都是质朴的人创造出来的。而质朴和诚实一样，来自河流、土地，来自对童年的记忆和留恋……"他站起来了，激动得脸色绯红，一双手举在了胸前。

杨阳望着他，感到非常幸福。

接下去他们又回忆起刚参加工作时的情景，谈了一会儿思念老家的一些共同感触……杨阳说："我最不能适应的就是刚来的那会儿了。机关下去招人的同志见我会画画，就把我招来了。我以为是画画来了。可马上就是集训了，讲保密，讲铁的纪律，一人不准外出。天天背码子，一开一关，哇哇哇，呜哇呜哇，我们就紧张地坐到操作台上。后来听见哇哇的声音，头皮就一炸一炸的，眼前一阵发晕……我咬着牙把集训挨完了。分到具体单位，原来也要听'呜哇呜哇'……"

沈小荒可以想象出小画家当时的窘态。他沉思着。他想那棵红叶树、晚霞中的田野和小河，想操作台上的红绿闪灯和呜哇呜哇……他问：

"你在集训的时间里想过递交申请书的事吗？"

杨阳的脸红了。他被这突然的一句问话弄得不好意思了。但他马上回答："想过。我真想过……只是后来出了一件事……"

"什么事？"

"也不是什么事……是和我一块来的一个朋友的事。他和我在一个宿舍里。他说在机关必须赶紧入党才好。我说好是好，太难了。他说敢跟我打赌：每天提前一会儿来机关擦走廊，外加送给领导土特产就行了！我觉得真可笑。可他第二天就做起来，一年不到就入了。我那次真倒霉，输了一条金鹿烟给他……"杨阳说到这里坐起来，抓了抓头发，"我真恨自己去打那样的赌！不过这让我明白了好多事情。我在心里想：那是一种信仰啊！一种主义！我真不买某些领导的账！我想我决不去捞好处，决不！我要当成信仰、当成主义！我觉得自己变成了一个崇高的人时，再交上我的申请书……多少年来我就闷了这么一股劲儿……"

杨阳的眼睛透过窗户往远处望着。他的表情肃穆而庄严，鼻翼在轻轻地活动……

沈小荒望着他，嘴角颤动起来……沈小荒听到了一个十八岁小青年的声音。这声音清脆、嘹亮，是穿过童年的翠绿的原野喊过来的……沈小荒的眼睛湿润了。

杨阳继续说："有一次李部长病了，很轻，姜主任非让我去他家守一夜不可。我真难堪，我想人家有儿女、老伴，我去守在床边上多难受！姜主任狠狠地看我，我就去了。可李部长闹不明白，明白了以后就批评我，说这么轻的病你还要来守一夜，年轻轻脑子出了什么毛病！我冤极了，回来脸就发烧。也巧，那天晚上老传达老张病了，要车上医院，姜主任说这么晚了司机不好找，让他儿子蹬三轮去吧……这都是我亲眼见了的。我很难过。我走在街上，老远的见了咱们漂亮的机关大楼就难过。我想：我们的大楼上，有过那样的事……"

沈小荒简直没有勇气听下去了。他心里想：世上最残酷，却又是不断发生的事，就是伤害那些纯洁的心灵，伤害从童年的原野里带来的那样一颗心灵……

这天，直到很晚很晚了，他们还在交谈……一起吃了饭，又一起走到街上，用手，去拍打那些笔直笔直的白杨树了……

十三

长乐一个人在大海滩上游荡了一天多。小荒突然不来了，这使他十分懊恼。像往常，他一个人的时候，到海边的浪印上拣回点东西，到芦青河里夹夹兔子逮逮鱼，都感到了无限的乐趣。多少年来他都是这样打发时光的。在大海滩上，他是个国王。国王是很少烦恼的。如果烦恼来临的时候，他就躺在沙滩上唱歌，唱那首挖海扇子的歌……可是现在不行了。没有一个人在身边说话，那种寂寞是难以忍受的。他甚至对自己以往那几年是怎么熬过来的都感到了深深的惊讶。

长乐很快就感到了疲乏。他没有像过去那样劲头十足地穿越槐林和杨树林，去巡视他的疆土，而是拖拉着鞋子，回老窝去歇息了。

刚躺下不久，小荒就进来了。长乐喜出望外，一下子就从铺子上弹起来。可他还没有开口说话，胡头就跌跌撞撞地摸进来了。原来小荒是和胡头一块儿来的。

长乐立刻不高兴了。他看也不看小荒，只抽出那柄木铲在手里玩耍着，慢吞吞地说："你这个孩子完了。

你怎么能把不干不净的人领进老窝来呢？"

胡头的眼睛慢慢适应了铺子内的光线，这时就瞪圆了瞅着长乐说："你说谁是不干不净的人？"

长乐用木铲点着铺子说："我说那个偷松球儿的人。我正准备把他交给斜眼老二……"

胡头又把手插进了胡子里，咕咕哝哝地说："我也不是好惹的。不过我看在朋友的面子上，不与你吵闹。再说我们是来商量大事情的……"

小荒接上说了斜眼老二去找"女特务"的事情，他告诉长乐，他几次看到斜眼老二在泥屋那儿颠……

"他妈的！"长乐一听就愤怒地站起来，"我劈了这个斜眼驴……"

胡头兴奋地瞥了一眼小荒。但他把正吸着的烟锅往前一捅说："人家有枪，小盒子炮，约摸也就是几指长的那么个小东西吧！"

小荒点头证明斜眼老二确实有枪。

长乐默默不语了……他在铺子上坐了，两手挂在木铲上，沉思着。这样过了一会儿，他沉重地说："'女特务'可不能让谁伤害！'女特务'是好东西啊！村里没有个'女特务'，还有什么意思……'女特务'不能伤害……"

胡头定定地看着长乐，两眼闪射着钦佩的光。他每听对方说一句，就咽一口唾沫，他说："对呀！'女特务'可是好东西……"

长乐继续说下去："……看来一场恶斗是在眼前了。没有办法，躲也躲不掉。一场恶斗是在眼前了……不过也不怕他。天大的祸患我承当！他妈的，我先用兔夹子把他的脚趾折断……"

胡头拍拍手："就是啊，我和小荒合计，这事非找人家长乐不可了。长乐是谁？人家在大海滩上看了一辈子泊，是个有勇力的人……"他说到这儿在腰上摸索起来，摸出了小半截子烧山芋，两手捧着递上去说："你看！这东西我还为你留着……"

小荒感动地看着胡头。

长乐高兴地捏起来说："没有变味儿吗？"虽然这样说，他却并没有吃，而是放在一边，到一个角落里找什么去了。他找出了一小瓶酒，自己先饮一口，又递给胡头说："看起来是有一场恶斗了……"

胡头贪婪地饮了一大口。

长乐又让小荒饮，并说："咱这是'三结义'了，多少年过去，谁也不准忘了老窝！小荒，喝！"

小荒就喝了一口！他咳着，流出了泪花……

老窝里的情绪特别高，几个人合计着如何收拾斜眼老二，合计来合计去，觉得还是长乐的兔夹最为牢靠。配合这个，胡头准备再挖几个很深的、底下有大粪和玻璃渣子的陷坑……长乐为了表达他心中的愤闷与仇恨，又特意找来备用的钢弹簧，给几个夹子加了双倍的弹力！他说："让斜眼等着吧……"

当天晚上，他们就开始行动。

为了避免误伤，决定让小荒去告诉"女特务"一声。长乐对小荒说："你告诉她，就说为了备战，在门前小路上埋了地雷，三天内不准出门！"……

他们小心谨慎地忙了半夜。一切都做得没有声响，没有痕迹。长乐不愧是长期在海滩上活动的人，夹子下得漂亮极了。从表面上看，不仅土没有被动过，而且上面还踩了几个脚印……胡头对长乐做脚印的功夫是佩服极了——这不仅需要功夫，而且需要胆量：当手拿鞋底子往浮土上印制的时候，万一夹子倒下来怎么办呢？还要不要手了？

由于激动、兴奋，三个人谁也不想睡觉。他们都到胡头的小院里去了。

长乐可是第一遭进这个小院。他独具慧眼，一进门就发现了这个小院特别的好处，高声夸赞起来。胡头拍着他的肩膀说："这都怨咱们交往晚了！其实我的小院该是咱们朋友三人的……"长乐感叹一声："好院落啊！真宽敞。不像我那个小泥屋子，脏得连我的老窝也不如，我就爱住在老窝里——有一天谁端了我的老窝，我也就死了……"胡头深有同感地点着头。他说："这院子是我爷爷传下来的……看来，我这一辈子也扩大不了多少……"

最末一句让长乐白了他一眼。长乐对小荒说："看看，胡头多少也有些地主阶级想法！"

胡头吓得伸了伸舌头。

小荒觉得饿了，问他们两个饿不饿？都说该吃饭了。小荒问吃什么？胡头说东西有的是，到家了还能没有东西吃？长乐抱着膀子说："就看你胡头舍不舍得了……"

胡头将衣袖挽好，哈着腰，里里外外地忙起来。不一会儿屋里就明亮起来，柴草烧得噼啪响，倒好像不是烧在灶膛里，而是满地乱烧一样……小荒要进去帮忙，长乐拉住他说："不用管他，就看他能做些什么给咱吃了！"

停了一会儿，饭端上来了。是用大盆端的，盆心里盛了胡萝卜地瓜面粥。长乐恼了："就给吃这个？"胡头委屈地摊摊手："我连这个也舍不得吃呀！我哪里搞别的东西去，小荒知道，你问他什么时候见我吃过好东西？再说你又没吃，不知道它是什么味儿就埋怨——我锅底放了油哇……"

三个人吃起来，不一会儿就喝得满头大汗。长乐吃饱了，用衣襟擦着汗，说："还辣辣乎乎的，怪痛快——你他妈的放了什么玩艺？"胡头得意地甩着两只大手："我还放了辣椒子……哈哈哈！"

吃完了饭，三个人就进了厢房。胡头点起了很亮的一盏灯，使所有的乐器都暴露在光明里。小荒欢快地在杂物的空隙里串来串去，一会儿对长乐介绍那个，一会儿介绍这个。他说："你信不信？全是胡头亲手做的！

你让胡头拉了你听！"胡头说这次三个朋友可凑到了一块儿，合奏吧，来点热闹的，来点真的！小荒担心邻居听了会烦，胡头却摆摆手，说今天就是乐的日子，今天哪能不乐一乐？今天谁也不管了。说着他分配起工作来：自己负责拉一把小胡琴，同时还要忙里偷闲去打旁边的那个梆子。小荒打鼓，腿上又拴了一对铁铃。长乐只管着打锣。

长乐十分高兴。他说："嘿嘿，好活计啊，这是好活计。"

他们行动起来，小院子里顿时热闹了。三个人各忙各的，根本没有一点配合。也许只有这样才更热闹呢，也许本来就用不着配合。小胡琴的声音又尖又细小，但却不会被淹没，总能在嘈杂的间隙里挣挤出来，"唧唧唧，吱吱吱！"……胡头的脚上绑了一个小杠杆，一抬脚就打那个木绑一下。木梆发出的声音就是那么自信而沉着的一下：哒！小荒和长乐总也不得要领，于是各尽其兴，胡乱击之……先先后后有好几个人踢他们的门板，往里面抛泥蛋。胡头拉得更急了，说："不用管他们，这个日子可不比平常……"

不知搞了多长时间，声音渐渐弱下来了。首先是长乐的锣锤松脱了，接上是小荒扔了小鼓；胡头的弦断了，也索性蒙头大睡起来。公鸡啼鸣了，街上有了吆喝声，小院还是紧紧关着门……小荒的父母因孩子一夜未归，正到处找他，最后是他们把小院的门敲开了。

天完全大亮了。

十四

小毛给杨阳打过了针，从他的宿舍出来，低着头，踢着一块小卵石往回走去。她的脸像云霞那么红，有一绺黑发扫在眉毛上，被她伸手撩开了。杨阳真拗，再拗她还是给他打了一针。她想到这里微笑了，仰起脸来看

远去的浮云 / 2017 年 / 120 cm × 110 cm

失语 / 2017年 / 123cm×110cm

青苹果 / 2013年 / 100cm×108cm

寻芳 / 2017年 / 158 cm × 158 cm

蔚蓝的天空。这时候正好有一个白杨胡掉下来，打在了她的眉心上。她的眉头皱起来——杨阳的病已经拖了半个月了！她想找找门诊部里的主任，让她跟总院说一下，给杨阳彻底查一番。她在想这会不会成功。她想主任这个白发老婆婆平时对她挺好的。那真是个好老婆婆。

小毛就那样做去了。

第二天杨阳就到总院做 B 超、扫描……各种先进的仪器都试过了……检查结果直接转给了机关门诊部。

主任——就是那个白发老婆婆，一个电话打到机关办公室来。老婆婆语气严厉得可怕："你们办公室是干什么的！你们就这样对待一个青年同志啊！他才十八岁，十八岁！这么重的病你们竟给他拖了半个月！他是严重的肝脾综合征，脾脏血管已经扩张，血管破裂，大出血就完了……赶快来个负责同志！"

姜主任被对方的语气激怒了，最后是重重地扣上了电话。但她也有些紧张，跟小关交代了一下，就急匆匆地往机关门诊部奔去了。

由机关和门诊部出面，当天就与总院联系住院事宜了。

这时候杨阳还躺在他的宿舍里，他不知道详细情况。沈小荒来了。机关上的很多同志都来了。人们把水果和罐头摆在他的小画箱上。杨阳有些惊讶地看着大家，最后哭了起来。沈小荒握住了他的手，安慰他。杨阳说："我真想马上就回机关上班。我再也不关门了……我还有好多画要画，我多么喜欢画画啊……我一直准备着报考美术学院，现在看不行了……"

大家都不作声。沈小荒说："明年你就可以报考了。今年你的病就会好！你还哭鼻子，你真是小孩儿性格……"

正说着的时候姜主任来了。她是第一次来这个宿舍的，把杨阳弄得不知怎么才好。她说："不要害怕。疾病就是一个敌人，你硬，它就软！你是共青团员，又在我们这样的机关工作，更要有战胜疾病的勇气……正好大家也在，帮你收拾一下，下午入院。我下午开会不能送你了，我已经安排了小关开车去送你。好了，就这样……"

姜主任看样子很忙，说完就急匆匆地走了。但她也许是看到了杨阳门上贴的那张画吧，站在门口端量了许久……

接上去，李部长也来了。老头子没有说什么，只是坐在杨阳的身边，像看一个孩子那样看着他。老人伸出瘦瘦的手抚摸了一会儿杨阳的胳膊，又看了看他小拇指上没有洗净的一块油彩。最后，老人像自语般地说了一句："你喜欢画画啊！"……老人再没有说什么。要走的时候，老人像是想起了什么，问杨阳："老家离这里有多远？是农村吗？"杨阳回答："一千里。农村。"老部长拿起帽子戴在头上，小声咕哝着："一千里。农村。"

转过身去走了……

　　整个上午沈小荒都没有离开杨阳的宿舍。

　　他们也没有说多少话。在这个安静的时光里，他们都想着自己的一段心事。没有说话，连互相看一眼也没有。杨阳又盯着天花板上那被雨水泡出的图形了。他今天，就是刚才的一瞬间，又从天花板的水印上发现了一个奇怪的东西——很像很像，妙极了，当然，同样是一种变形……沈小荒不知怎么又想起了二十几年前的一个场景：他跟上一个成年人，一步一步地往大海走去；海滩的荆棘刺破了他的手脚，通红的血珠滴到了土里。最后见到那片无边的水了，他就奔跑起来，疯狂地往前跑啊……

　　下午，沈小荒要随杨阳一块儿去医院。可是找了一圈儿也不见小关。有人告诉说小关刚才开车出了机关大门。沈小荒以为部里突然有了什么要紧的任务而临时改变了安排，就去找了姜主任；姜主任果然不在，他就直接到三楼找李部长去了……老头子听了，一声不吭地下了楼，然后一直站在机关的大门口。

很多人见了李部长脸色不太好，都不敢到跟前说话。老头子就这样定定地站在门旁，一声不吭……一个小时过去了，两个小时过去了。正好过了上班时间两个半小时，小关的上海轿车打了一个漂亮的旋儿，在院子当心停下了……小关跨出车来，走到大门跟前说："李部长！您……急着出去吗？"

李部长盯着他，淡淡地问了一句："你到哪里去了？"

"我……嘿嘿，真不巧，我办公室的钥匙忘到家里了，换衣服时……"

"那里有个重病号等着入院，他站在这里等车，等了整整半个月……"

李部长突然脸色发紫，手指小关的脸，炸雷一般吼了起来。他的"等了半个月"显然是一种口误，可奇怪的是所有在场的人没有一个以为有什么不对。

李部长继续喊着："出了问题，你要负责；出了大问题，你要受处分……先送病人，回来立刻到我办公室……"

老头子不知怎么胳膊有些抖，说完就往回走去。

大家帮杨阳搬上东西，看着车子飞快地驶出大门去了。

车子驶在马路上，杨阳、沈小荒、小关，三个人都没有说一句话。直到开出了老远老远，小关才恨恨地说了一句："厉害不了几天了，马上就得离休。昨天刚刚批下来……哼，熊老头子……"

李部长马上要离休了！沈小荒心里不知为什么活动了一下。他想这个消息不会假，什么消息小关都会提前知道。没有问题，老人马上就要离休了……

把杨阳送进医院，沈小荒为他办了住院手续。回来时小关让他上车，他摆摆手让车子开走了……他也不想坐公共汽车。他就这样默默地往前走去。虽然是来这里工作多少年了，但整天忙这忙那，对这座城市的街道竟然一点也谈不上熟悉。他故意想一个人凭感觉往前走，看看要花多长时间才能走回去。

大街上是过不完的人流。几乎每一个商店门口都传出扩音器的声音："妈妈的吻是甜蜜的吻……女儿的吻是纯洁的吻……""大削价，广州进口……""本店出售舞票，让您度过一个迷人的夜晚……""有奖购货！有奖购货！一等奖……""恭喜发财……祝您发财，发财！快乐，快乐……"无数的人流就在这各种声音的交织中，在红绿灯的阻隔开放间艰难而愉快地往前走着、蠕动着。自行车的铃声、警察的训话声、卖冰糕和奶油瓜子的吆喝声，也汇集在一片声浪的海洋里了……沈小荒本来决心硬着头皮走一走大街，但到后来无论如何也受不了。他不得不寻找到小巷子往前走了……

一些陈旧的小巷子僻静得很。没有自行车和人流。

春天的深入在小巷里看得更清楚：柳芽儿炸着，老奶奶坐在蒲团上晒春阳。有的小姑娘在玩"跳城"，用一块瓦片放在画了粉笔格格的地上，用一只脚蹦着去踢。小猫儿不一定从哪条巷口探出头来，煞有介事地望一眼巷里的人，巷里的事，然后又慢悠悠地甩下黑长辫似的尾巴，离开了……沈小荒不由得又想起了芦青河，想起了家乡的小巷，想起了大海滩和往昔的朋友。可是一条小巷走到头了，大街上呼喊，特别是恭喜发财的声音又传了过来……

很显然，小巷子不会永远是小巷子。僻静是暂时的，喧闹才是永久的。没有喧闹把小巷子连结起来，有时也会失却一些幸福。沈小荒完完全全相信这些。但是他更相信，如果我们更多一些淳朴，更相信自己的文化，那就会找到一个更好的基点，一切一定会显得更有条理；少几分盲从，少几分虚荣心，不是有更好的创造、更多的幸福吗？……这些当然都是些复杂的问题了。他由此又想到杨阳所谈的神圣的信仰，想到了任肖肖的扭动，竟然激动起来……他突然产生了一种渴望：要找机会跟李部长好好交谈一次。

谈些什么呢？随便谈谈看吧。他想谈的很多。他甚至想和他谈谈延安，谈谈老人几十年的生活；当然，作为一个青年，一个做青年工作的干部，他更多的还是要谈谈自己的感受。他来到这座城市好多年了，他是从芦青河边来的，他感到了什么呢？这也是他要谈的。他要多多听取老一辈对这一代青年的看法。他会更多地谈到杨阳，谈到机关、对机关的爱恋及其他一些感受……因为杨阳是住院了，他必然会谈到一个又遥远又现实的问题：我们怎样才会使青年——明天的主人们更健康地成长呢？他们应该过怎样的生活呢？……他相信与一个为人民奔波了一生的、即将离休的老同志交流这些，会收到很好的效果。一定的。

十五

你说说你这几天都做了些什么吧！你已经不小了，别的孩子像你这么大早就到沟边上收拾柴草了……你倒好，你整天游荡着玩，玩也不要紧，你净找一些没有正形的浪荡人在一起混！长乐、胡头，全村里也不过只这两个浪荡人吧，你跟他们搅在一起！你早晚也长成一个浪荡鬼，不信你就瞅着吧……

小荒的爸爸妈妈训斥着他。

小荒不服气地说："他们是浪荡人，可他们都是好人。我也不想和他们老在一块儿，可是我管不住我自己，老想往他们那儿跑……"

"你这是跑野了脚了！"爸爸说。

"长乐不是给了你一截枯树吗？你不让我跟他玩，他就不给你了……"

爸爸不作声了。看样子在权衡那截枯树的分量。

"玩也不要紧，可也不能一去就不沾家呀。你晚上也不回来，大人不挂心吗……"妈妈的口气缓和了。

"以后我晚上不出去了！"小荒赶紧表态。

爸爸又咕哝了几句，就出门做活去了……小荒在院子里活动着，还是觉得没有意思。又在院里转了一会儿，他就出门去了。

他决定先找找胡头。一进胡头的小院，他就看见胡头两手插在胡子里，蹲在厢房的门槛上发愁。见了小荒，一下子蹿起来，说："糟了！出事了！斜眼老二天刚亮的时候踩响了夹子，砸断了两根脚趾。他带着夹子往前爬了两步，又落进陷坑里了，头皮上割开一道大口子，血和大粪沾了一脸，送进医院了。'女特务'门口小路上围了好多民兵……"

小荒说："糟什么？咱不就是要夹斜眼老二吗？"

胡头像没有听见他的话，只是说"糟了"。他一边说一边在小院里转着圈子："事情闹大了！这也怨长乐，他给了咱酒喝。酒后做事没有数啊……"

在小院里转了一会儿，胡头就扯上小荒的手，说快去报告长乐，一刻也耽搁不得……在路上，胡头不住地叹息，埋怨，说酒后做了险事："……了得嘛！伤了营长。他可是有一营兵的人哪——一营兵，你不怕吗？"小荒更正说："是副营长。再说又是民兵。民兵就是村里的青年，都认识的……"胡头咧开嘴巴看看他："民兵！民兵才厉害！大事情净是民兵做的……"

他们去芦青河边，钻松林的老窝，到处都找不见长乐。海滩太大了，哪里找长乐去？小荒提议到海边上找，说他可能又在沿着浪印走哩！到海边一看，长乐果然在沿着浪印往前走。

长乐敞着衣怀，衣襟正被海风吹得撩起来。他的头发也被海风撩动着，像一团火苗。他的两条腿，因为裤子被风吹贴了，显得更长更有力量。那腰间的木铲在身边沉稳地颤动着，更像一把宝剑了。他的脖子硬硬地挺起，扭着头去看大海……

胡头老远的望见他，感慨地说了一句："长乐是个英雄啊……"

小荒声音尖尖地叫了长乐一声。

长乐正大步往前跨着，听到喊声，猛地止住了脚步。当他看清了来人时，就挥动手臂让他们过去……他们跑过去了。长乐说："看看吧！看看今天的浪涌有多么大！我是在海边上转悠了一辈子的人了，也没有看见多少回这样的浪涌！你们看看，多像一架架大山，嗬，钢硬钢硬的绿石头做的，嘿嘿！……"他的大手往前挥动着，很有气魄的样子。

胡头看了一会儿，就退到干沙上坐下来，哭丧着脸讲了发生的事情。他摊摊手："到底发生了……"

长乐说："咱就想'发生'嘛！"

胡头沉重地搓搓手掌，看看小荒："我是说，他有一营兵啊……一营兵这会儿大概都开到'女特务'门口了……"

小荒说："才不会呢。民兵还要出工哩……"

长乐详细寻问了胡头，然后三个人一块儿进了老窝。长乐长时间地沉默着。后来，他又找出小酒瓶让两个人喝。胡头用手挡过了说："还喝！上次不喝你的酒，能做出那样的险事情吗？可不能喝了……"长乐也不驳胡头，也不作声，只是一个人抿酒。他定定地望着一个地方，说："我早说过，一场恶斗是在眼前了。你们是没有眼光的人，看不到今天这个步数！其实那会儿我就看出来了，一场恶斗是在眼前了……好汉做事好汉当，是好汉的，够朋友的，给我喝上这口酒吧！要不，就滚出老窝去吧，都去吧……"

老窝里没有一丝声音。

停了约摸有五分钟，长乐大饮了一口，然后把酒瓶高高地举起来，就要摔碎酒瓶……就在这时候，胡头破着嗓子高呼一声，抱住了酒瓶……

三个人喝了酒，三个人的脸色都赤红。

三个赤红脸色的人迈着大步向村里走去了……

小泥屋前果然围了一堆人。几个捎枪的民兵在人群里蹿来蹿去，吆喝着什么。公社武装部也来了人，一个胖子的手枪就像斜眼老二的一样，并且也在衣襟下显显露露……长乐、胡头和小荒很快掺到人群里去了。

两个民兵用尺子度量着陷坑的边长，往小本子上记着什么；然后他们又去量陷坑的深度，因为很臭，就皱着眉头，用一根树条去插，再用尺子量树条……最后他们又丈量陷坑离小泥屋的距离。胡头小声对小荒和长乐说："我听见了，他们说五米三九——五米三九是什么？"……就这样折腾了一会儿，那个胖子对几个民兵说："进去吧！"他们也就进了小泥屋，进了小院。一帮子人都给隔在了门外。长乐他们三个转到院门下面，面对所有人了。长乐大声说："我长乐看了一辈子泊了，经验有的是！我就没见欺负好人的家伙有好结果！像斜眼老二这样的东西，只差没叫天上的雷'咔嚓'了……"

他说完胡头就笑。一帮子人心里痛快，也接上笑起来。

长乐又说："人家一个姑娘从老远到咱这号穷地方住，容易吗？咱们村里不帮扶人家，还往人家院墙上贴东西。"长乐说着用手指指墙上那几张旧标语，"人还能写出这东西吗？也不知是哪号'现世报'写出这东西来了……"

大家又哄笑了。胡头用手扯扯小荒说："他还是不该喝酒……"

正这时候院里传出一阵吵闹声，其中还有"女特务"的声音……不一会儿，门打开了，两个持枪民兵押着田萌走出来了。大胖子凶眉凶眼地端量她一眼，转脸对群众说："什么叫'美女蛇'，这回是看见了吧？看看她使出的招儿有多么狠吧……"

长乐狠狠吐了一口，打断了胖子的话。胖子回头找人，胡头说话了，显得语重心长："大伙看看吧，多俊的一个姑娘！多老实的一个姑娘！白天在家纺绳，晚上就在炕上看书。人家谁也没招惹……"胡头说着说着哭了，用手去抹泪。小荒也抽泣了，一双泪眼望着站在民兵中间的田萌。

　　胖子刚要说什么，长乐一声吆喝站出来了，用手一推那两个民兵说："往公社押我吧！是我下的夹子！我就跟他斜眼老二有的仇，谁也不怨，'女特务'更不知道……"

　　他话音刚落，胡头和小荒也嚷起来："俺干的俺干的。俺仨干的！"胡头还比划说："粪里那些玻璃，是我砸了四个酒瓶弄的……"

　　胖子让几个民兵把他们押起来……一场子群众都不吱声了。胖子哼着："破案很快呀！"他见绑了绳子的长乐腰里还有木铲，就喝旁边的民兵说："怎么搞的？逮捕了还不缴下他的武器!"——周围的人都认识那是挖山芋用的,都觉得可笑。可是没有一个笑的。大家只用敬重的目光看着三个人……

"女特务"被放开了。她热泪盈眶,站在门前,一动不动。

长乐三个人被押着走出老远了,"女特务"还是站在那儿……

胡头回头望了望,突然喊道:"回去吧!该纺麻纺麻,该看书看书!俺出来那天还要来下夹子……"

长乐咬着牙关,点了点头。他和小荒一直靠在一起往前走着……

十六

经过一段时间的住院治疗,杨阳的病情暂时控制住了。剩下的事情就是住到一个疗养院去,慢慢地恢复……机关门诊部和部办公室很快联系好了疗养单位，杨阳不久就要去长期疗养了。杨阳出院后的精神很好，竟然几次随大家一道上下班，在机关大楼上玩。同志们开他的玩笑，跟这叫"模拟上班"……后来杨阳从小毛的嘴里了解到了疗养院的一些情况，也就更高兴了。

原来疗养院是追随着一股温泉盖在了深山里。山里鲜花不断，犹如南国。并且有一条河，河里可以捕到二斤多重的鱼。有一种鱼叫"沙趴"，扁扁的，卧在沙里，可以用脚踩住。到了秋天，四周皆是红叶树，一天到晚愉快地燃烧。风很柔和清新，就是这种风，加上那股温泉，使一批又一批的病员康复回城了。

杨阳于是就准备了画具，还包起了好多书。这很快就被姜主任知道了，她找到沈小荒说，让他管住杨阳，不要带那么多画纸呀书的，国家花钱让他去治病，又不是让他去画山水。沈小荒笑了笑，说画山水只要高兴就尽情地画去，这也能治病。再说疗养院的医生比咱们懂，不用咱多操心，是吧，是吧！

离去疗养院的日子越来越近了。杨阳一想到就要离开机关那么长的时间，竟然又难过起来。沈小荒安慰他，说会经常去看他，还说他如果抓到沙趴先养着，他们好一块儿吃等等，杨阳又高兴了。杨阳说他一定会抓到沙趴，沙趴算什么！小的时候在家里，他曾和一帮朋友们跳到河里，在苇秆地里逮到了那么大的鱼。啊啊，童年多有意思，你还记得童年的事情吗？沈小荒点点头。我怎么能忘了童年的事情。我忘不了田野，忘不了那条河，也就忘不了童年的事情。你看我们两个都没有忘记，时常想起来，提起来。杨阳两手捧住脸庞看着他，这双黑亮的眼睛让他喜欢极了。他想也真是奇怪啊，有肝病的人怎么还会有这样黑亮的眼睛？这双眼睛多像儿童的。对了，他没有割断联结童年的那根线，所以他总能保住这样的一双眼睛。这双眼睛此刻闪动着，说他近来常常和过去的一些朋友在一起玩。这句话可把沈小荒搞糊涂了，后来他才搞明白杨阳是指常常做那种梦。他说人有多么怪，你看看有多么怪，越是病了的时候，就越是想起小时候……说到疾病，两人都恨得要命，说疾病是最讨厌人的，它往往能破坏掉一个人的生活计划：本来准备好的一些事情，还没等去做，疾病就来了。

这次谈话刚进行了一半就不得不停下来，因为下班的时间到了。沈小荒请他一块儿到家里吃饭，他说什么也不肯。后来沈小荒终于明白他怕把病传染给人家，就告诉他用种最卫生的方法来接待他吃饭。这个方法无非就是分开盛用饭菜，杨阳直笑，就一块儿回家了。

蓉真似乎对杨阳来做客十分高兴，扎上围裙，真像个家庭主妇的样子啊。她今天显得特别美丽，也特别年轻，牛仔裤让杨阳看了好几次。你们两个说吃什么菜吧，小菜刀不锈钢的，电炒锅，当然也有煤气灶，我们终于建设起一个美好而又多情的厨房。沈小荒说你什么也不要做了，你做个"红薯"吧。这是损人，她知道他指那天的事。那天她被人称做了"乡长"。她苦笑着走开了，决心做几个最有趣的菜。

一盘黄花菜，一条鱼，一盘山芋糖，一盘酱拌苦菜，一盘沙拉，一盘牛肉……每样都分出三分之一盛在小蓝碟里。杨阳的杯子里只有几滴红葡萄酒。三个人吃得真高兴啊。大家都说菜好吃极了，从来没吃过这么好的菜。杨阳说有个家庭到底是好，单身汉要缺少好多的乐处、好多的滋味。比如说这样漂亮的一个小蓝碟儿吧，单身汉就不可能有。蓉真问他能成为一个画家，一个大画家吗？杨阳说只是准备成一个，当然是越大越好。讨厌的是有些大世面还没有见，这阻碍人成大气候。蓉真打断他的话，说这句话让她想起一个事情，就是你必须多到舞会上走走，多了解现代人的生活。杨阳等她说完就接上说，大世面指另一些东西。还有，就是看以后的环境了。什么样的环境才好他不知道，他只是想这样会把小时候的印象都丢光了，而丢光了就会非常非常危险了，等等。沈小荒在杨阳说话的时候一直沉默着。他在想建设一个机关、一座城市也是一门艺术。艺术之间总有什么共通的东西吧。这当然还需要寻思。不过这样子就不理想，就会把小时候的印象都丢光了。有些印象多么吸引人啊，你只要回忆就会激动。那些东西朴素极了，平常极了。但有时却觉得不可复得。剩下的另一个问题就是杨阳说的见大世面了。当然要成大气候就得见大世面。不过这是不同的两个问题……

为了愉快一些，蓉真建议大家跳舞。杨阳不会，于是沈小荒和爱人跳了一会儿。后来《打虎上山》的曲子奏起来，沈小荒就停下了，他不会这种舞，原计划上周学会。蓉真激情刚刚焕发，就自己跳了。杨阳目不转睛地看，沈小荒也是一样。他突然发现这种舞特别适合天真无邪的少女跳，而一个大姑娘跳起来并未失度，也会变成一个天真无邪的少女……他此刻多么爱他的妻子啊，她有多么漂亮！如果没有仇恨、没有诽谤、没有战争、没有欺压和盛气凌人，只有使人年轻和纯洁的诸如此类的舞蹈，生活着是多么幸福啊！……他悄悄地把这个想法告诉了杨阳。杨阳深表同意，只是他说还应该加上"没有疾病"……

直玩到很晚的时候，杨阳才离开。他说他这是多少年来过得最愉快的一个夜晚。蓉真说你养病回来，天天让你过这样的夜晚。杨阳笑了：那我不去养病了，就留下来天天过这样的夜晚……真是个孩子！

沈小荒送他回去。这时马路上行人稀疏，路灯好像也不如从前明亮了。他们顺着一排白杨向前走。临要分手时，杨阳突然握住了沈小荒的手。他声音颤抖着对沈小荒说："我……给你添了好多不愉快……在机关里，你给我的帮助最多。这些，我会一直记着的……我还要把它画进我的画里……"

沈小荒的手抖动了一下。他说："不，杨阳，我本来能够帮助你、保护你，可我失去了好多机会。我会为这个责备自己一辈子的……我们不说这个了，不说了……"

沈小荒的眼角流泪了。

他们又往前走了一段……沈小荒说："你快养好病吧。但愿到了四年一次的探亲假的期限，你的病也好了。我想和你一块到芦青河边——我的老家去……你不知道我犯了一个多大的错误，我好多年没有回老家！这是不能饶恕的一个错误，真的！我差不多忘了童年时候的朋友，忘了长乐的老窝和胡头的厢房……"

杨阳听到这儿插了一句。他不知道谁是长乐和胡头。

沈小荒接上说："我准备给你讲讲我的童年，讲讲我的童年生活和童年的朋友……童年的朋友是什么？是田野，是树林和小河，是质朴和忠诚……我要跟你讲我的童年的故事。我想你会画我们的芦青河，画我们的大海滩……"

…………

第二天在机关上，沈小荒竟然遇到了小毛。她是到办公室有什么事情的，在走廊上见到沈小荒却不愿走开。看样子她想谈点什么。她说你们这座大楼真漂亮！窗户真大！窗帘都是绒布的……沈小荒说真漂亮，真大，都是绒布的。他知道她要跟他谈的不是这些。他后来干脆问道："你这几天见了杨阳吗？""……啊，杨阳！他快走了……他要到疗养院去了……"

沈小荒笑了。他说："这些我都知道。"又说："他走了，你不去看看他吗？"

小毛的脸红了。停了一会儿她抬头问："你说我好去吗？"

沈小荒果断地说："当然好去！你可能早就知道，那里有满山的红叶树，有温泉，有满岭的野菊花……"

小毛愉快地下楼了。她笑着说："有红叶树！有野菊花……"

红色的身影一闪就不见了。沈小荒突然想到：她又不姓毛，为什么叫"小毛"呢？真有意思，"小毛"。

一地草芒露珠灿

词语粉碎机

人们最初受到的写作训练和养成的文章欣赏习惯，再加上整个社会教育的影响，在某些观念方面造成了模糊不清的后果。比如说"诗言志"，对这个说法从不怀疑，但对"志"的形态与方式却不曾追问。我们小时候作文常常要有个主题，要分析主题思想，即"通过什么说明什么"，最后的"结论"等，这样一套逻辑关系。这差不多形成了写作与阅读的通识。

可是进入文学写作后又会发现，作品远远不是"通过什么说明什么"这么简单，它要表达的问题好像更多，说明的方式也更复杂。只是由于整个社会的大教育，从小学到大学的作文课，才使人不知不觉或不同程度地陷入了简单化，把文学特别是散文和小说、诗的写作与阅读，都等同于议论文。

即便是多多少少地以对待论文的方式来对待文学作品，都是一种损害，形成理解和诠释的误区。百分之九十以上的虚构作品，作者的关怀比评论者预料的要开阔许多、复杂许多。作品不仅不是"通过什么说明了什么"，而且很多时候连作者自己都难以讲清，因为那是一个浑茫的难以把握的世界，通常把这个世界叫"意境"。当然，也许用这两个字去表述还远远不够，这里只可以感悟。一个文学家用语言去表达根本没法言说的那一团感知是多么困难，所以他们会试着把词语"粉碎"。如果把语言、文字、词汇各标出不同的长度和体积，那么它们用来表达最复杂最纤细的感悟世界时，还嫌太大、太长、太粗。有些极细微处，它们的体量无法通过，因而难以运行。所有的字和词、概念，都有固定的长度和规模，为了进入极细微的局部，杰出的文学家只好把固有的词语粉碎，变成屑末，以便用来表达（修筑）无比细腻的感受世界。

"通过什么、说明什么"的理念中，文章里的所有词语都是既定的，是粗重结实的预制件，使用起来既方便又快捷，然而却离作品所表达的真实有些遥远。比如小说中塑造人物与讲述故事，整个过程中有批判有歌颂有揶揄有讽刺，有诸多倾向，有愤怒喜悦和一些难言的情绪，有许多游离的部分，有烘托和裹挟，有寓意和叹息，有莫名之物。整个这一切都需要使用词语去呈现，而每个词语的边界，极可能在具体的语境中悄悄地切换了。

有的写作者满足于考虑主题思想，并以故事和人物去表达它。这样的写作在一般读者中也许颇受欢迎，但这不会是好的文学作品。这里犯了简化的错误：把审美简化为说明，把诗意简化为问答。也正因为简单才容易得到呼应，还可能在短时间内风行。但这一切都不会持久，因为它不是真正意义上的诗，最终不会拥有大读者。而只有大读者才是诗的阐释者、记录者和保有者。

一度被很多人追随的肤浅文字要褪色是很快的，虽然不能简单地说它们吸引的全是乌合之众，但这一部分人真的没有记忆和诠释能力，他们无法将自己喜欢的文字转达和扩大，更不能创造性地转化和想象。他们驾驭不了这个过程。所以只是很短的时间，那些作品的"轰动"就消散了。

杰出的作家只面对细微而敏慧的读者，他们自己就像一架词语的粉碎机。

敏感多情

一次写作是这样展开的：开始的时候要想一下即将涉猎的对象，一些愤怒和爱，冲动，或明或暗的理念等等。这些东西会牵引一支笔。但是如果一直被它们所牵制，目光也就浅近了，视野也就狭窄了。比如写一片林子，里面发生了好多事情，有许多故事，讲述者却将注意力集中在一个方向，目无旁视。因为直奔简单而显豁的目标，一路匆促中也就忘记了一旁的小鸟，当然也产生不了那种毛绒绒的爱，没有特异的安慰和感受。没有时间研究这种小生灵，不会在意它的忧郁，更看不到两旁树叶水滴闪烁，一地草芒露珠灿灿。

昨夜花香逼人，梦中微笑；偶尔失眠的烦恼，顽皮和等待，一切都发生在进入林子之前。悉数记下这些可能过于分散了，不过要看一个人的能力，一个人的把握力。常常担心这是一种浪费，是耽搁，是分散精力和不务正业。有人认为把所有"琐屑"都写上，哪里还有时间和空间去表达最重要的东西，如恨和爱。且不说这些是否"最重要"，单说过多的"恨"和"爱"，或许也会遮蔽生命中的另一种饱满、自然和真实。

强烈的道德感对作家至关重要，它在很大程度上决定了作品的力量和价值。但可惜的是，在压倒一切的抨击与谴责中，在巨大的道德激情的缝隙中，我们甚至看不到一棵植物，听不到一声鸟鸣。这样的世界是令人怀疑的。我们知道如果是一个正常的人，一棵树也会让他感动。

螺壳

在一些地区，作家们因为历史的或多方面的原因，不得不调整生存与工作的方式，进一步把自己界定为专门家和手艺人。

杰出的专业人士敬业而娴熟，最终成为大匠，令人尊敬和钦佩。我们许久没有看到一个超绝的专门家了，所以对高度娴熟的职业人士无一例外地顶礼膜拜。

可是稍稍退开来看，有一些专门家却并非一定要钻入专业螺壳之中。在螺壳里的也会是二流人物。以文学而论，写作者大部分由于智力、立场、观念诸问题，把精力与兴趣局限在写作之内，甚至局限在某一个体裁之内。

这对有些人而言是自然而然的，对另一些人来说就是不可思议的。一个人专注于写小说，别的不管，一辈子吃定了编故事这种手艺。好像这个专业只要进入、撑开，里面是很宽大的，像跑马场那么开阔。殊不知退远一些看，它就小如口袋了，而且不透气。

杰出的专业人士需要是一个全面的、真实的人。专业只是生命的一部分，这一部分与整个生命连接一起才有深刻的表达。还是要说说托尔斯泰，尽管耳朵起茧。这人一生办过教育，当兵，管理庄园，做的事情多极了。作为一个认真生活的人，遇到什么问题就去解决，没有回避。写小说只是同样投入。苏联出版了一百卷的《托尔斯泰文集》，为什么这么多？因为感触多，对世界牵挂多。里面的许多稿子写一遍不满意，就再写一遍，《复活》这部长篇的好多开头都收在里面了。他看到庄园小学课本不好，就自己编，亲自为孩子撰写了许多寓言故事。他一直在改革农奴制，用心良苦。文集里面记录的事情太多了，什么艺术理论，宗教论述，应有尽有。后来人可以从诸多方面谈论托尔斯泰，无论怎么争论，都难以否认他是西方最伟大的作家之一。写小说的不崇拜他，有可能是故意使性子。宗教人士需要极认真地对待他的学说，做教育的也要学习他，做庄园管理的也没有忽略他。打仗时，据记载他非常勇敢，是战事内行。这是一个全面发展的生命，文学这一块只是一个方面的呈现。

一个人把自己塞到专业的螺壳里，其实很局促，从此人生的恢宏与舒展，都没有了。

谦卑

一个人有效的创造时间不过四五十年，只做纸上事业有些可惜。这里说一下诗人艾略特传记里写到的一些事情。他是现代诗坛的代表人物，离今天的人比较近。一般人都知道艾略特是个了不起的现代诗的开创者，但不一定知道具体的生活细节。艾略特特别喜欢猫，见了猫就挪不动腿，抚摸它，端详它。他给猫写了许多诗，美国百老汇一票难求的《猫》剧就是根据他的诗改编的。从他写猫的诗中可见，这是一个多么幽默丰富的人。这样一个人日常做什么？特别枯燥的工作，在银行里管理国外金融，每天填报表，跟浪漫的诗意相去甚远。他还写小说，戏剧作品也不少。就是这样一个人，日常生活既平凡又忙碌。

名声大噪之后，艾略特的诗在美国各阶层的影响都很大，甚至连公务员系统里都有好多人开口能诵。就是这样的一个成功者，却一直怀疑自己有没有写诗的能力和天赋。可见他不是那种小有得手就自以为了不起的人，也并不把别人的盛赞当成鉴定，没有飘飘然。他在书信里几次跟朋友说：我怀疑自己没有写诗的才能。这样说不是矫情。有的人不要说有了盛名，就是在一个小地方得到推崇都傲气十足，哪里还会怀疑自己的才能？艾略特很朴实，可能有时候写诗很不顺手，觉得很难搞，就怀疑起自己的能力了。

庄子说：举世誉之而不加劝，举世非之而不加沮。意思是大家都赞扬你的时候，你也不必过多地肯定自己，不要自满，不要更起劲地去做这件事。每一次写作都是一次开始，旧的问题解决了，新的问题还会出现，不停地写，就得不停地解决问题。一个生命如此朴实，就会少受外在因素的影响，独立思考。一般来说获得了像艾略特那样高的世俗地位，那样大的荣誉，再怀疑自己就不好理解了。但这是真正的诗人，很自我，很

鸟语呢喃 / 2013年 / 120cm×110cm

多梦的季节 / 2017年 / 120 cm × 150 cm

考察的视角 / 2017 年 / 220 cm × 190 cm

午后 / 2017年 / 70cm×71cm

朴素。

一个真正意义上的作家其实也带有一切好的劳动者的特征，总是能够直面自己的工作，是一个全面发展的、真实的、认真生活的人。这样的人无论做什么事，都有可能是最好的。他在劳动面前是谦卑的，因为他会把探究真理看得高于一切，在人生的各个方面都是这个态度。当他在某个领域获得了荣誉的时候，深知这是生命的一个侧面，并不能取代其他，更不值得骄傲。

志向

专家也要尊重人，尤其是对专业以外的人不能盛气凌人。比如到医院，有人因为亲人或自己的病，总要找专家探讨和请教，谈话时小心得不得了。因为一些医界"专家"动不动就喝斥人，问者稍不注意，"专家"的自尊就受了伤害，就要发火。不过接触更大一点的专家就可以稍微放开一点了，这时候谈话反而可以放松许多。真正意义上的大专家都是和蔼的，谦逊的，别人说了外行话他也能原谅，甚至还能从外行话中受到启发。

民间有一句话："姥爷好见，舅舅难见"。姥爷地位高，阅历丰富，晚辈说多说少他不在意。舅舅则不得了，端起来，外甥就得老老实实。

知道生命的渺小和珍贵，才会知道自己。作家作为专门家，像某些医界人士一样，也是各不相同的。他们既是写作者，也是一个读者和批评者。读后有感受就会说出来，也就成了一个评论者。耍小聪明的人认为既然写作品也就不宜做批评，不然就是"过界"。他们只想老老实实编自己的故事，然后等着那些专门搞批评的人来夸自己。其实作家更应该有基本的是与非，直爽，求真。这是一种质朴。

一个人永远只是虚构故事，编造了十年二十年乃至四十年，其他事情全都不做或基本不做，似乎也不正常。文字生涯也是各种各样的，能虚构就不能写实？直接的纪录是再自然不过的事情，直接的评述与议论也是再自然不过的事情。除此之外，还有很多事情要做。鲁迅、艾略特、托尔斯泰，所有的好作家都在做许多事情。这些事情既是文学的操练，也是人生的操练。一个人过于行当化专业化就走不远，奖赏受不了，委屈也受不了；书印得少了多了都影响睡眠。其实没有必要。

艾略特的朋友们见他天天坐在银行的桌子前，为那些报表操劳，有些心疼，认为他应该将更多的时间用来写诗。他们为他搞了很大一笔钱，是什么基金一类，这样就可以辞去那份枯燥的工作了。可是艾略特谢绝了朋友的帮助，觉得还是有一份实在工作更可靠一些。

第一线

二十世纪八十年代初，刚写了"芦青河系列"那会儿，有人找我谈话：要停一停了，赶紧深入生活，不然会出问题。什么问题？会写空，胡编乱造或更严重的方向性问题。一个创作欲强旺的年轻人突然停笔受不了。但还是依从规劝到"第一线"去了。最后，大约是两年之后有点忍不住，又动笔了。

新的作品对我同样重要。有人再次说：不能写了，要读书，快到"第一线"去。这是一个不小的难题。

写作者有时候是停不下来的，心里有很多感触，阅读也会引起冲动。生活的各个细节都会引来创作的欲望。所以我在无法忍耐的境况下写出了《古船》《九月寓言》等作品。只得服从生命的自然需求，同时强制自己阅读和关注生活中发生的事情。强烈的写作冲动需要把握和积累，当一切准备充分，只能开始创作。

现在写得比较少，不是担心没有到"第一线"去，而是其他。"第一线"到底在哪里，是我一直思考的，因为这是一个晦涩的问题，相信对许多人来说都是如此。生活如果是一场战争，那么肯定会有前方和后方。生活是否是一场战争，一时还无法判定。有时候像，有时候却也未必。我许多年里一直在寻找"第一线"，甚至非常焦灼。这是年轻时养成的习惯。

的确，作家有"写空了"的现象。有人误以为只要是一个成熟的作家，只要时间充足，就能一口气写出无数的作品，而且肯定在"水平线"之上。仅仅如此就算成功的写作？恰恰相反，作家的失败常常就在这样的状态和认识之中。需要对自己有极大的不满足，这个不满足既折磨人，又极其必要。重新设计自己，不停地思考和总结，或许需要借助一个时间的界线：重新开始。

随着年龄的增长，写作者对艺术、思想、社会、宗教诸问题，常常不可回避地纠缠在一起。如果一个作家在二三十岁的时候很少思考这些，那可能不是知识的问题，而是生命的感悟问题。到了五十岁以后就必然要跟这些东西相撞。生命在时间里苍老，这个时期专业的问题反而退得远了。表面上看二者割裂了，实际上当然不是。

这就走向了"第一线"，无论愿意与否。

修尖顶

人的事业如果比喻成一座建筑，基础结实，有立柱，有墙，有门窗。要盖大建筑，基础必得坚牢。什么是基础？有人认为是阅读和学习，有人认为是去生活深处。深处这个说法太通俗也太晦涩了。阅历、知识方面的准备，道德操练和修养，都属于基础。开始工作了，立柱，垒墙，透气采光，留下窗户。经历了相当长的时间之后，一座建筑开始矗立。

不同的生命有不同的建筑，一个人到了五六十岁的时候，建筑主体有了，但不能说已经完工。上面敞着，下雨会浇成一片废墟。还有尖顶待建。一些大建筑恢宏无比，因为它有一个了不起的尖顶，金闪闪的，精致，向上。

一个写作者最后要修起一个尖顶，避免化为废墟。随着成熟和苍老，最后挺向苍穹的，不一定是虚构的故事。需要稍稍不同的构筑材料。当然一个好作家什么材料都有，诗，宗教，思想与哲学，形而上。

随着苍老，尖顶开始修筑了。

一个生命在年轻的时候，比如二十来岁，可有构筑尖顶的能力？有人一起手好像就已经有一个尖顶了。果真如此，这尖顶像什么？像一个帐篷。没有体量，没有地基，还不是一座雄伟的建筑。原来生命过程是不能省略的，要经受四季。如同树木，结果之前要生长，要经历冬天的风。尖顶无论闪烁怎样的光泽，但由于没有加在一座庞大的建筑之上，就不是尖顶了。

那个尖顶没有从地表起建，它的直接"抵达"或许只是虚幻的、概念的、移植的、模仿的、矫情的。

我们虽然不能否定拔地而起的天才，却更相信一个艺术家非常朴素的操劳，他首先是一个大劳动者。许多人说到一个年轻的诗人，说他的奇异与不幸。其实主要是可惜，因为他具有对诗的无限热爱、看不到尽头的可能性、巨大的才能和极度的敏感，而且似乎具有跟个人生命经验对接的契机。但最终还是"在路上"：没有经历复杂的生命过程，从幼稚到成熟、到苍老。

尖叫

有人多么谦虚，甚至用宗教里的一个词叫"谦卑"都不过分；不急，慢慢向前；有一点随遇而安的、宿命的心理。正因为对世界怀有朴素的包容之心，这才有了真正的勇敢和锋利。那些貌似勇敢的尖叫，有时倒是大可怀疑的。

网络时代的尖叫太多。急切的尖叫会引起注意，被听到、被纪录、被传播。尖叫既不悦耳也不持久。但不能否定所有的尖叫。有时尖叫确实需要，因为不能让所有人都沉默，或者都用中气发声。

尖叫不等于一切，更不等于正常的表述。总是尖叫即令人可疑。有人也会发出一声尖叫，但这是不得已的、不能持久的。

爱书院

在万松浦感受到的诗意和欢喜，是一种真实，也是一种新鲜。不过这里面临的问题跟别处也没有什么不同，有诱惑，有浮躁。做任何有意义的事情，都会觉得跟期望反差很大。书院到现在十一年了，第一二年时，许多朋友说这地方很好，比现在好，环境好，很浪漫。他们问这里的日常运转是怎样的，经济问题，其他问题，特别关注它的"可持续发展"。书院以后还能存在？

有诸多担心。

　　谁都不敢保证书院一直运转下去。因为她面临许多不可抗拒的外力。我们爱这个事物，从无到有一点点建起，怀着理想，带着冲动、气魄、恒念、决心，甚至也有中气和底气。这些伴随着我们走到今天。但这并不代表她是永恒的。她随时面临失败、瓦解、不得生存。

　　一个书院是这样，一个人的事业也是这样。人的一生是非常困难的。比如说书院，当她没有能力没有条件站立的时候，就更加考验着创造者，考验操办书院的这一拨人。主持人的智慧、气魄，生命质量如何，将逐步显现出来。假使这个书院没有条件再维持下去了，爱书院的人怎么办？拍拍屁股走人，这是一个选择。还有一种办法，就是找新的地方办书院。不能办这么大的书院，可以办小的书院。如果连小的书院也盖不了，那就把她装在心里，这反而更永恒更保险了。心里有一个书院，只要心不死，这个书院就存在。心里的书院会交给朋友，交给下一代。如果有了这样绝路逢生的想法，什么事业还会消亡？

只要真的爱诗，当个泥瓦工也仍然是诗人。爱没有丧失，诗就装在心里。最怕心里没有，只是提在手里，那就随时会被人抢走或扔掉。书院装到了心里，因为我们管不了别人，还管得了自己。这是保存书院最好的办法。对一种事物爱得深，才不容易失去。我们遇到很多极其困难的人，他们的生活难以为继，心中的美好却保存得很好。这是真正感人的。有人已经拥有很多了，但稍微受到一点诱惑，就轻易地把自己的拥有扔掉了。

留给时间

书院有一个开放日，在这一天，社区各界都可以到书院来参观，与院里的人沟通。那些考上大学的孩子来这里座谈。有人提议书院为官员和商人办班，像某个大学堂，来许多官员和商人听讲。那里主要讲《易经》和养生学，讲怎样长生不老；还有传统文化中极有吸引力的部分，如《论语》《老子》等。讲得最多的还是神秘主义的东西，胎息，长生，阴阳乾坤。万松浦不讲这些。

这里只想做一些力所能及的事情，留给时间。一个人或一个场所，能做的事情不像想象的那么多，做好一点就不容易了。这里常讲的一句话是：只要方向对，不怕速度慢。不要把一些事情看得太小而不屑于做，只看有无意义。比如说这几十个人的讲坛，如扩成几百人多好？有人嫌少。其实在这个时代更需要自信，耐心，谦虚，有数和有度。有人可能觉得这么有意义的讲坛，听众少就是浪费。这只是以人数论。大学问家熊十力曾有一个感人的故事：他在北大或清华，有一次在屋子里用很浓烈的地方话慷慨陈词，讲得声情并茂，一个人从外面走过，以为里面肯定有许多人在听演讲，推门一看，只有一两个学生坐在下面。这个故事说明了熊十力对生命的尊重，对人的尊重，对学问的尊重，还有信心。

我们书院面对的听众可能是小数，却要用十倍的力气，用底气饱满的声音去表达和传递。

书院不是一个文学院，其重点是文化传承。文学是文化传承和构成中的核心部分。这里无形中谈文学还是多了一点。我们想继承原汁原味的四大书院传统，沿用那种方法和内容、那种程式。当然时代变了，今天跟古代肯定有所不同，不会那么刻板地、按部就班地照搬。但肯定要有这个衔接。最早的书院和后来的书院也有许多变化，后来纷纷改为学堂，废除和改制是有原因的。

书院从创立的一天起就在找一个古代书院的"山长"，找一个学术造诣很深的老先生，但很难。现在是勉为其难，不能停下。不能把文学看成一个独立的专业，不能用这种思维对待文学。文学在古代书院的构成里面仍然重要，文学家要面向社会和人生。回头看一下，诸子散文、诗经，唐诗，宋词，在整个文化构成和传承里面的确占据了核心地位。

为未来的书院担忧，不如努力做好当下。有一些很堂皇的场所历史也不短了，但由于战乱和其他原因毁掉了，片瓦不存。很堂皇的建筑没了，但只要做出了大的业绩，就在文化史上留下了不可磨灭的痕迹。可见有形的东西没了，无形的思想还在。建筑比人的寿命要长，但还是脆弱的。人是最脆弱的。比如说操持书院那一拨人，像朱熹这一类了不起的人物，也会逝去。人是很脆弱的。看上去很一般的事物都比人耐折腾，比人的寿命长。所以关键不在于一个人能活多久，还要看他确立的事物形成了怎样的意义和价值。如果做出的事业是不可磨灭的，那么也就存在了。有形之物将来毁掉了并不可怕，有人会恢复它，循着它的思路往前，并且走得更远。

都不易

人生需要勇气，需要不停地跟内心里的懦弱做斗争，尽管会常常失败。谁都不能信心十足地说自己是一个成功者。诱惑很多，坚持下来就好。任何做了一点事业的人，还原到实际都会感到坎坷与不易。各行各业的成功者首先是艰难和顽强的。有一个朋友，无论说到什么事情都会随上一句：都不容易。这自有其深刻性。任何人与事业，哪怕做出了一点点成绩，都要摆脱许多缠扰、困苦和嫉妒，还有身体问题，有随缘行事等各方面的条件。幸运者是有的，但不多。

成功者其实只是坚持者，他们经历磨难之多，往往无以言表。所以对别人做成的一点事情，总要敬重在先。就因为做事不易，才需要勇气，一切预想在前。半岛人常说一句话，叫"递了哎哟"，意思是在山穷水尽、无法克服的巨难面前不得不缴械，双手递上"哎哟"，即呻吟哀求之声。耳边常有这句缠绕，深夜里想：又一次"递了哎哟"。但尽管如此，黎明时分还得鼓起勇气往前。

另一方面，在局部，在阶段性的工作中获得的幸福，也能抵消许多痛苦。把乐观和悲观统一起来，把绝望包括进来，却不等于没有绝望。绝望本身也会换来很大的幸福，因为绝望连接了理想和荣耀，还有成功。连绝望都没有，就会一无所有。有了绝望，也就生出希望。

诗

有人爱诗，写诗，又怀疑自己这些长短句子是不是诗，是不是好诗。读一些当代诗，怀疑常存，因为看不懂，莫名其妙。也许有意思，但意思不大。不过是词语的调度，机灵的拆解。好在十三亿人中潜藏了多种可能。可能性建立于恒河沙数。有时候不过是三两句，好得让人受不了。读诗与读散文是两个概念。诗不像小说那样有头有尾地叙述，它是怦然心动且不可言表的某种感悟，是一次捕捉，是心头的闪电。亮光逝去又模糊。这就是读懂。

诗必言之有物，有生命经验。诗很难对付。一个大读者，与诗人拥有同等量级。捕捉诗意，参悟，对莫名其妙灵光一闪的参悟，苛刻的把握，准确的落实，很难。有时候觉得捕捉到了，经验上却没有把握。很容易从指缝里溜走，抓了些毛发。只将词语调度拆解是无聊的。

词语本身有意象有内容，许多时候是个实体。词语本身的调度拆解也能够衍生出诗意，它是有效的，然而也是有限的。所以那些玩弄了几百万字的人，文字在手里驯熟了，就像差遣自己的孙子、下级，对方还不得怨言。这时候就会自大和骄傲。过分地相信自己的手段，这个不行。一定要警惕，要明白词语本身衍生和创造的限度。就像鲁迅所讲：捣鬼有术也有效，然而有限，词语的使用正是这样。有术就是技巧的娴熟，然而有限，"以此成大事者，古来无有"。

一个写了几百万字上千万字的人，更需要回到严格苛刻的心情，敬畏词语。如果认为熟知词语本身的套路，以此吃一辈子，那就完了；以为随便弄一堆词，连缀一番就成了，殊不知诗人和作家的死亡就是这样开始的。须用生命的力量去投入，深刻感受词语本身的魅力和能量。词语很神秘，生命投入了，力量就保存在里面。

学习别林斯基

别林斯基那样的文学评论家，用全部的生命投入艺术，投入真理的寻求。为了这些，他常常激动得浑身发抖，灼烫，咳嗽连连，甚至昏倒在地。他有巨大的愤怒和爱的能力。在一个苟且的、为了所谓成功什么都可以做的时代，稍稍地学一点别林斯基就不得了。据说这个人是孱弱无力的，看上去一点劲儿都没有，面色苍白。可是一谈到艺术问题，事关诗与真，他就再也不会退让了。他的生命能量调动起来，辩论，追究，直到最后。

赫尔岑记录他的这种状态，用了一个词："势不可挡"。他这会儿力气大得不得了，有雷霆万钧之势。这是一个瘦弱的、边区来的孩子，但通过学习，日日精进，懂得了为真理而献身的意义。关于艺术的准则一旦被他掌握，这个来自穷乡僻壤的孩子就有了不可估量的能量。他在城里，在莫斯科的艺术沙龙里，在贵族面前，辩才惊人。这连带了原始的力量，朴素的大地的力量。瘦弱的肩膀上挑着真理和责任的沉重，多么令人敬仰。赫尔岑的记录让人看了垂泪。但是天亮了，看一眼窗外的烟筒，庸俗的生活，跟夜里经历的别林斯基的感动相去太远。不过睁开世俗的眼睛，还能记住一点别林斯基，仍旧是好的。

爱诗，爱真理，爱一点点就做一点点。不是为了反驳他人而倔强，而是出于爱的捍卫。为了诗与真，得罪多少人才能承受？那要问自己。有的人非常强壮，得罪二十个人还能活得很好；有的人很弱小，得罪两个人就没法活了：那就得罪一个人。

方言写作

大多数人都在用方言写作。有人可能认为普通话环境里出生的人一定不是用方言写作的，究其实也会有此地的专门词汇、一些表达的特质。程度不同，都是方言写作，有的明显一点，有的隐晦一点。

但是作家需要在写作的那一刻把方言翻译出来，让别人能够理解，而不是一般的方言。作家随着运用语言的能力增强，就会处理一些很浓烈的方言板块。缺少这种能力，只能用语言的平均值，即普通话去表述。作家用了大量方言，但很少有人不懂，奥妙在哪儿？因为作者有处理不同的语言板块的能力，能够驾驭。他一边写作一边翻译，知道一些语言的切口怎么处理：既能保留原来的特质和气氛，又能让其他人读懂。这样做的难度是很大的。

有的地区如果保持了语言的原生态，其他地方的人根本读不懂。把生活中的语言直接搬到作品中，当然不行。因为没有对文字学、民俗学、字源学的深入探究，只好按当地发音写，别人也就没法读。同样的方言，处理起来是有区别的。并不是说方言最生动，就一定要如数保留。有一部分方言味道浓烈，读起来却没有障碍，多的是地方性，强烈的地方色彩，比如说那种特别的幽默感，生活趣味，总之极生动的地域表达，一点没有遗漏地保留了。去掉的是哪一些？是造成障碍的那一部分。这就需要巧妙的转化和翻译，把握分寸：既得到转换，又不失掉方言的个性色彩。

某地曾有一个特别能写的人，搬出一摞稿子就有几百万字。令人惊叹的是全都用了本地方言写成，读来生动，但外地人不懂，无法出版。谁如果让他改一下，他就很不高兴，说这才是文学语言。他忽略了微妙的、高难度的语言转换。仅仅是掌握方言多，还不是衡量文学水准的指标。有人曾愤愤不平地问：我们为什么要往普通话上靠？道理很简单，为了使更广大地区的人能够阅读。有人想到了注释，当然可以，但不能满篇都是注释。

谈到外国语言的翻译，与方言转译的道理也差不多。现在要么是语言的平均数，没有什么色彩和个性，要么是完全不加转译地原样写出，没法读。

城市动物

我们这里很少有源远流长的大都会，大致还是新结合的农业体。植根很深的地方文化、地方语言，只有在农村得到自然地生长。现代城市本身大都是刚搭建起来的，没有根。这是一个普遍的现象，虽然不是全部。如果有纯粹的城市作家，那需要是城市动物，市井里的无数曲折，真相与隐秘、不同的层次、复杂的人性，他都知晓。这种作家在西方比较多。我们这儿由于不断经历战乱，老城破坏，新区初建，没什么传统。这使人对城市文化没有信心。像美国的索尔·贝娄这一类的"城市动物"，我们这里太少了。

写乡野并不等于什么"野地立场"。没那么简单。正好相反，可能是太追求现代了，超越了所谓的"城市文化"。一些所谓的"现代"其实是很野蛮的，也很土。某些"现代"是夹生的，基本是蒲松龄当年嘲笑的"村里装俏",不伦不类。在这种情形下写一点淳朴的乡村更好。这里追求的是更完美、更先进、更合理的一种生活形态。比如说自然环境,一定要被"现代"破坏掉才是合理的?往前发展,如果能够超越,才能更高更好更快更完美更人性更合理更理性,才不是夹生的"现代",不是老土。

对"现代"的批判是必须的。没有批判就没有超越。这非但不是后撤,还是激进。有批判,有认可,有创见,有幻想。以此筑成的个人世界,才是作家的世界。

各种可能

有人注意到我作品中的一些变化:过去是极其自信的形象,现在不那么自信了,有些犹豫了。也许真的如此。过了这么久,会有变化。或许是面临的问题越来越复杂，越来越多，再无法像过去那样简单。那种非白即黑的判断会越来越少。面临一个事物，会觉得有各种可能性。这等于我们常常说的"年龄不饶人"。二三十岁在大学里发言，语速很快，极其流畅，废话很少，也有激情。而今讲得很慢，讲了这一句不想讲下一句。人脑跟电脑一样，随着碎片太多，空间少了，影响运转。还有另一个问题，就是随着年龄的增长，脑子里会想到事物的许多方面，觉得一切远没有那么简单。这就阻挡了流畅的表达。如果只是强调一个方面，听起来很痛快很干脆，实际上却是片面的。问题原本就很复杂，知道得越多，就越是谨慎。

使用文字越久对文字的功能越是了解，会小心许多。像中医一样，年轻医生开药方较快，一挥而就。老中医胡子长到胸口了，做得很慢，加一味减一味反复琢磨。他做了一辈子，深知药性。作家写了上千万字以后，对文字的掌控会很严格，改来改去，写得很慢。他知道词性好比药性，容易走偏。我们平常讲"是药三分毒"，不是说吃了以后把人毒死，而是走偏的药性。所有的句子、词汇也都是有毒的，要慎用。

个人的世界

　　最重要的是用自己的眼睛去看、自己的脑子去想、自己的心灵去悟。面对一个非常强大的潮流，不盲从很难；有时候是非常高兴地、自然地、心悦诚服地跟上去了。这没有办法。人在每天的灌输中，等于身不由己地被浸泡。网络时代的喧嚣，好似大街上尘土飞扬人喊马叫。就在极其反感不安甚至愤怒的忍受中，也仍然会被引导和牵拉，会跟从。当有人指出这种生活的不合理性，拿出个人的方法时，他人就会反感和抵触。你向往安静，有人就问是否要回到远古？回到野地？身陷水泥丛林，却不允许向往树林。

在文学表述中，有一种现象很容易被识别，即为了一己私利的服务与跟随。某种"尖叫"却很具迷惑性，它貌似鞭挞与批判、揭露与呼号，然而更急切的攫取欲望则藏于其中，说到底也是一种服务与跟随。这里既没有高于对手，也没有对诗与真的敬畏，表露的是同一种难看的"吃相"。

文路遥遥，难易自知。曾有一家出版社为某人出版了一套文集，责编私下说：编这套文集，痛苦得晚上失眠：一个人如此有才华，却写下了大量毫无价值的文字。作者几乎一直在跟随切近的功利，一直为此抒发。一个写作者的才敏在鄙俗的方面耗尽了，真是悲哀。几百万字流于此，当然不会有深度，也不会有艺术的个性。泛社会化，道德化，却无真正的道德高度。一辈子为功利服务，为观念服务，为潮流服务。

类似的一支笔即便刺向了黑暗，也往往与对手一样拙劣，境界并无超拔，胸襟并无开阔，甚至算不得个人的表达。

文学必须是个人的沉静，是幽深的生命之吟，是幻想和沉湎，是欣悦与忧伤的诗意。一个人用几百万字甚至上千万字作肤浅的功利表达，耗尽了一生，虽有赞声送来，但绝非善意。关乎世俗功利的歌颂与愤慨，还不如写一只小虫子有价值。有人一辈子主要写小虫子，如法国作家法布尔，多么好，多么有意思。这是个人生命在自由状态下的观察与共鸣，是觉悟和关爱，发现和记录，自有思想和艺术价值。

强烈的社会批判，责任感与道德感，始终是大艺术的组成部分，但这需要源于灵魂之中，需要是真正意义上的诗与真的表达。

作家有强烈的道德感，始终对邪恶与不公和黑暗充满了愤怒，执着于抗争与揭露，只缺少了另一些东西：艺术的满足感。他的幽默哪里去了？对异性的爱哪里去了？寂寞和绝望、无助和怜悯，这一切哪里去了？非常复杂的生命内容都被省略了，强烈的批判与揭露意识取代和覆盖了一切。作为一个生命绷得太紧，其他也就无法游离出来。

我们大概不能简单地谈论道德和责任，这些既是强大的，也是脆弱的。艺术表达不能非此即彼、非黑即白，虽然这种痛快淋漓往往受到推崇。

老太太

一个文化部门邀请大家走了好多城市。每到一地，负责宣传的领导就拿出最好的东西给大家看，最后还要到一个大屋子里放映介绍本地的光碟：现代建筑，高科技，外宾成群；表现"先进文化"，一定会有一群描了脸的老太太拿着扇子在跳，有光着膀子的男女在台上劲舞。千篇一律，像一个模板下来的。从东海岸到西部，"先进文化"都是这样，换句话说，都是扭动的描脸老太太之类。

　　现代世界之现代，不在于楼之高大，机器之奇巧，更不在于舞台之喧嚣，而很可能是其他：绿树下的安静，书香满城，人们脸上的阳光和微笑。